Buch

Sie sind Leute mit großen Plänen: der Schriftsteller und Drehbuchautor John Fante und seine Frau Joyce, die ihr erstes Kind erwartet. Sie leben in einem großen Haus mit einem bronzenen Türklopfer und vier Schlafzimmern, und jeden Donnerstag trifft der fette Scheck von der Filmgesellschaft ein. Aber da sind Umstände, die die Idylle nachhaltig trüben: Joyces Eifersucht, ihre plötzliche Weigerung, mit John zu schlafen (»Nie wieder«), und nicht zuletzt die Unstimmigkeit darüber, ob es ein Junge oder ein Mädchen werden soll. Joyce findet, daß Jungen sowieso nur Ärger machen. Ein herber Schlag für John, der sich nichts sehnlicher als einen Sohn wünscht.
Und dann bricht Joyce am Morgen des 18. März um 9 Uhr 27 im siebten Monat ihrer Schwangerschaft durch den termitenzerfressenen Küchenfußboden. Es muß etwas gegen den fortschreitenden Verfall des Hauses getan werden, und plötzlich fällt John ein, wer dafür der richtige Mann ist – sein Vater Nick, der größte Maurer von ganz Kalifornien, der edelste aller Baumeister. Mit dem Unterschied, daß der alte Nick nicht nur einsame Klasse im Umgang mit Meißel und Kelle ist, sondern auch einen verdammten Dickschädel hat. Daß er erst einmal den Kamin einreißt, statt das Loch im Boden zu reparieren, ist jedenfalls untrügliches Indiz dafür, daß sich die Dinge genauso entwikkeln, wie John von Anfang an befürchtet hatte – nämlich sanft chaotisch, bis sie endgültig aus dem Ruder laufen.
Gemischte Gefühle, 1952 entstanden, ist sozusagen die California-Comedy-Version von *Szenen einer Ehe*, darüber hinaus John Fantes persönlichster Roman, eine poetisch lakonische, hintergründig ironische und anrührend zarte Familiengeschichte, erzählt von einem, der über die Wunder und den Wahnsinn des Alltags nur ungläubig den Kopf schütteln kann und dabei aus dem Staunen nicht mehr herauskommt.

Autor

John Fante (1909–1983), von Kritikern mit Chandler, Fitzgerald, Mailer und Hemingway in einem Atemzug genannt, bleibt einer der Ausnahmeautoren seiner Generation und gilt als noch zu entdeckender amerikanischer Klassiker – niemand hat Witz und Wehmut, Zorn und Zärtlichkeit in ähnlich bestechender Weise verbunden. Fünf seiner acht Romane werden momentan verfilmt.

John Fante im Goldmann Verlag

Es war ein merkwürdiges Jahr (9217) • Warte bis zum Frühling, Bandini (9410) • Ich – Arturo Bandini (8809) • Sein Weg nach Los Angeles (9499) • Unter Brüdern (8919) • Warten auf Wunder (8845) • Westlich von Rom (9785)

John Fante

Gemischte Gefühle

Aus dem Amerikanischen
von Doris Engelke

GOLDMANN VERLAG

Titel der Originalausgabe: »Full of Life«,
Black Sparrow Press, Santa Barbara 1988

Umwelthinweis:
Alle bedruckten Materialien dieses Taschenbuches
sind chlorfrei und umweltfreundlich.

Der Goldmann Verlag
ist ein Unternehmen der Verlagsgruppe Bertelsmann

Made in Germany · 1. Auflage · 9/92
Genehmigte Taschenbuchausgabe

Umschlaggestaltung: Design Team München
unter Verwendung einer Illustration
von Loh Productions, Heidelberg
Druck: Elsnerdruck, Berlin
Verlagsnummer: 41193
SN · Herstellung: Heidrun Nawrot
ISBN 3-442-41193-9

Erstes Kapitel

Es war ein großes Haus, weil wir Leute mit großen Plänen waren. Der erste Plan war schon Wirklichkeit, eine Rundung um ihre Mitte, ein Ding, das ständig in Bewegung war, sich krümmte und wand wie ein Schlangenknäuel. In den stillen Stunden vor Mitternacht legte ich mein Ohr auf diesen Hügel und hörte es wie eine Quelle sprudeln, gurgeln, saugen und plätschern.

Ich sagte: »Es benimmt sich einwandfrei wie ein männliches Wesen.«

»Nicht unbedingt.«

»Keine Frau tritt so viel.«

Aber sie diskutierte nicht, meine Joyce. Sie hatte dieses Ding in ihrem Inneren, und sie war in sich gekehrt und hochmütig und ziemlich selig.

Trotzdem mochte ich die Beule nicht:

»Die ist unästhetisch«, und ich schlug vor, sie sollte etwas tragen, was das Ding versteckt.

»Und es umbringt?«

»Dafür gibt es extra Sachen. Ich habe sie gesehen.«

Sie betrachtete mich mit kaltem Blick – mich, den Ignoranten, den Dummkopf, der nachts auf einen kurzen Besuch gekommen war, kein Mensch mehr, boshaft und absurd.

Das Haus hatte vier Schlafzimmer. Es war ein hübsches Haus. Es war von einem Zaun aus Holz umgeben. Es hatte ein hohes spitzes Dach. Von der Straße zum Haus führte ein von Rosen gesäumter Weg. Über der Eingangstür wölbte sich ein großer Bogen aus Terrakotta. An der Tür hing ein großer stabiler Türklopfer aus Bronze. Die Hausnummer enthielt eine 37, und das war meine Glückszahl. Immer wieder ging ich auf die andere Straßenseite und betrachtete die ganze Angelegenheit mit offenem Mund.

Mein Haus! Vier Schlafzimmer. Platz. Jetzt lebten wir zu zweit dort, und der dritte war unterwegs.

Irgendwann würden es sieben sein. Das war mein Traum. Mit dreißig hatte ein Mann noch genug Zeit, sieben großzuziehen. Joyce war vierundzwanzig. Alle zwei Jahre eins. Eins jetzt, sechs später. Wie schön war diese Welt! Wie unermeßlich der Himmel! Wie reich der

Träumer! Natürlich würden wir ein oder zwei Zimmer anbauen müssen.

»Hast du Stimmungen? Besondere Gelüste? Ich habe gehört, das ist normal. Das steht in den Büchern, die ich gelesen habe.«

»Natürlich nicht.«

Auch sie las viel. Gesell, Arnold: ›Säugling und Kleinkind in der Kultur der Gegenwart.‹

»Wie ist es?«

»Sehr informativ.«

Sie schaute durch die gläsernen Flügeltüren auf die Straße hinaus. Es war eine belebte Straße, sie ging vom Wilshire Boulevard ab, wo die Busse röhrten, und der Verkehr klang wie das Gebrüll von Kälbern, ein ständiges Rauschen, das manchmal vom Kreischen der Sirenen in der Mitte durchschnitten wurde, aber entfernt, weit weg, fünfzig Meter weit weg.

»Können wir uns nicht ein paar neue Vorhänge anschaffen? Müssen wir unbedingt gelbe Vorhänge und grüne Volants haben?«

»Volants? Was sind Volants, Mutter?«

»Um Himmelswillen, nenn mich nicht so.«

»Tut mir leid.«

Sie kehrte zurück zu Gesell, Arnold: ›Säugling und Kleinkind in der Kultur der Gegenwart.‹ Die Schwangerschaft macht das Lesen viel bequemer. Die Kugel war ein wunderbarer

Ort zum Bücher aufstützen, fast in Kinnhöhe, und die Seiten umzublättern war kein Problem. Joyce war sehr hübsch, hatte graue, unglaublich strahlende Augen. Etwas Neues lag in diesen Augen. Furchtlosigkeit. Es war erschreckend. Man schaute weg. Ich warf einen Blick auf die Fenster und wußte plötzlich, was Volants waren, denn das einzig Grüne an den Fenstern war der Stoff, der oben quer und in Falten gelegt war.

»Was für Volants hättest du denn gern, Schätzchen?«

»Und bitte nenn mich nicht Schätzchen. Ich kann das nicht leiden.«

Ihre grauen Augen glitzerten gefährlich, die Zigarettenspitze saß zwischen schmalen Lippen, und die zarten weißen Hände umklammerten Gesell. Ich ließ sie dort sitzen und ging hinaus in meinen Vorgarten und war von Rosen umgeben und weidete mich an meinem Haus. Der Lohn des Schreibens. Ich, der Schriftsteller John Fante, Verfasser dreier Romane. Vom ersten Buch 2300 Exemplare verkauft. Vom zweiten Buch 4800 Exemplare verkauft. Vom dritten Buch 2100 Exemplare verkauft. Aber im Filmgeschäft geht es nicht um Tantiemen. Wenn man hat, was sie im Moment gerade haben wollen, bezahlen sie, und sie bezahlen gut. Im Augenblick hatte ich, was sie wollten, und jeden Donnerstag kam dieser fette Scheck.

Ein Herr kam wegen der Volants. Er war schwul und hatte durchscheinende Fingernägel und einen Schal mit Paisleymuster unter seinem gegürteten Sportsakko. Er rang die schmalen Elfenhände, und zwischen ihm und Joyce war eine Vertrautheit, an der ich keinen Anteil hatte. Sie lachten und schwatzten bei Tee und Gebäck, und Joyce genoß entzückt die Gesellschaft eines Gockels ohne Sporen. Er schüttelte sich beim Anblick der Volants, quietschte triumphierend, als er sie herunterriß, und ersetzte sie durch blaue. Er schickte nach einem Lastwagen, und die Möbel wurden weggeschafft und neu bezogen, damit sie zu dem Blau paßten.

Blau besänftigte Joyce. Sie war jetzt sehr glücklich. Sie begann Fenster zu putzen. Sie wachste die Fußböden. Sie mochte die Waschmaschine nicht und wusch die Wäsche mit der Hand. Wir hatten zweimal die Woche jemanden für die schwere Hausarbeit, aber Joyce kündigte der Frau.

»Ich schaffe das allein. Ich brauche niemanden.«

Sie wurde sehr müde von soviel Arbeit. Da

türmten sich zehn Hemden, sorgfältig gebügelt. Auf ihrem Daumen war ein roter Fleck, eine Brandwunde. Ihr Haar hing in Strähnen, sie war abgehärmt und wirklich sehr erschöpft. Aber der Bauch war fest und groß und kein bißchen müde.

»Ich kann bald nicht mehr«, stöhnte sie. »Das große Haus und alles.«

»Aber warum tust du das? Du weißt, daß das nicht nicht gut für dich ist.«

»Willst du vielleicht in einem schmutzigen Haus wohnen?«

»Bestell jemanden. Wir können es uns jetzt leisten.«

Ah, sie verabscheute mich, biß die Zähne zusammen und strich sich tapfer die Strähnen aus dem Gesicht. Sie griff nach einem Staubtuch und schleppte sich ins Eßzimmer. Dort polierte sie den Tisch mit langen verzweifelten Bewegungen. Total erschöpft und auf die Ellbogen gestützt, rang sie nach Luft.

»Laß mich dir helfen.«

»Faß mich nicht an. Untersteh dich.«

Sie sank auf einen Stuhl. Ihr Haar war unordentlich, ihr verbrannter Daumen schmerzte, und sie war dennoch ein Orden für Edelmut; ihre hellen müden Augen starrten gefährlich, das Staubtuch hing schlaff in ihrer

Hand, ein wehmütiges Lächeln lag auf ihren Lippen, der nostalgische Blick machte klar, daß ihre Gedanken glücklicheren Zeiten galten. Wahrscheinlich San Francisco im Sommer 1940, als ihr Körper schlank war, es keine Plackerei gab, als sie frei und unverheiratet war und mit ihrer Staffelei und den Farben auf dem Telegraph Hill herumkletterte, die Golden Gate Bridge betrachtete und tragische Liebessonette schrieb.

»Du solltest ein Hausmädchen haben, ganztags.«

Denn es waren die fetten Jahre für den Schreiberling, und das Geld türmte sich, weil einmal in der Woche Donnerstag war, und mein Agent kam voller Witz und Kameraderie und mit dem, was übrig war, nachdem er und die Regierung vom Scheck der Paramount ihren Teil genommen hatten. Und dennoch war es reichlich genug für uns alle.

»Geh einkaufen, Liebes. Kauf dir was Schönes.«

Gott helfe mir. Ich hatte den Bauch vergessen und versuchte vergeblich, die Worte wieder in meinen Mund zurückzuholen. Aber sie vergaß nicht, und ich mußte so tun, als schaute ich nicht hin, wenn sie die Treppe heruntergesegelt kam, ein weißer Ballon von einer Ehefrau, die Rülpser unterdrückte und auf und ab wanderte wie eine Gefangene.

Sie sagte: »Starr mich nicht so an.«

Sie sagte: »Wahrscheinlich schaust du den ganzen Tag schlanken Schauspielerinnen hinterher.«

Sie sagte: »Woran denkst du?«

Sie sagte: »Nie wieder. Dies ist das erste und letzte.«

Und manchmal schaute ich hoch und sah, wie sie mich anstarrte und den Kopf schüttelte.

»In Gottes Namen, warum habe ich dich eigentlich geheiratet?«

Ich blieb still und lächelte dümmlich, weil ich es auch nicht wußte, aber ich war sehr froh und stolz, daß sie es getan hatte.

Der Putzfimmel ging vorbei, und die Putzfrau wurde wieder eingestellt. Nun begann Joyce sich sehr für Gartenarbeit zu interessieren. Sie kaufte Bücher und Gartengeräte. Eines Tages kam ich nach Hause und entdeckte zehn Säcke Dünger in der Garage.

Sie zog die Rosenstöcke heraus, zwölf Büsche, sechs Stück auf jeder Seite des Weges. Sie bearbeitete sie mit dem Spaten, riß sie aus der Erde und schleppte sie in den Hof hinter dem Haus. Mit einem Beil hackte sie die Wurzeln heraus. Sie zog Handschuhe an und verbrachte die Tage damit, unter Hecken herumzukriechen, Blumenzwiebeln zu setzen und sie mit Dung und Torf zu bedecken. Ihre Knie bekamen dunkelrote Flecken und ihre Arme waren zerkratzt. Sie entwickelte die Leidenschaft, das Grundstück sauberzuhalten. Jeden Tag unternahm sie Inspektionsrunden, sogar auf der Straße. Mit einem Jutesack in der Hand sammelte sie Reste und Papierfetzen ein. Sie fing an, alles, was nicht festgenagelt war, zu verbrennen: kleine Äste von den Hecken, Blätter, Holz. Sie grub hinter dem Haus ein Loch für Kompost, schaffte das gemähte Gras dorthin, mischte es mit Dünger, goß Wasser darauf und rührte ab und an mit einem gezackten Werkzeug darin herum.

Wenn ich am späten Nachmittag in die Garage fuhr, fand ich Joyce meist hinter dem Haus. Sie stand neben der Feuerstelle, eine einsame Gestalt mit weißem Kopftuch, die Sachen ins Feuer warf, Kartons, die sorgfältig zerrissen neben ihr aufgeschichtet lagen und darauf warteten, verbrannt zu werden, und Joyce starrte in die Flammen und stocherte manchmal mit einem Stock darin herum. Sie entwickelte eine wahre Besessenheit dafür, um die Feuerstelle herum alles sauber und ordentlich zu halten. Sorgfältig stapelte sie leere Büchsen ineinander, extra Kartons für die Büchsen und extra Kartons für leere Flaschen. Sie machte saubere kleine Pakete aus den Abfällen des Tages, wickelte sie in Zeitungspapier und band sie mit Kordel zusammen.

Nachts hörte ich sie durch das Haus wandern, die Kühlschranktür zuwerfen, die Toilettenspülung drücken, das Radio im Parterre anstellen und im Hof hinter dem Haus auf und ab wandern. Vom Fenster aus sah ich sie im Mondlicht umhergehen, eine bauchige Gestalt in Frottee, die runde Kugel bewegte sich vor ihr her mit königlicher Selbstsicherheit. Unter dem Arm hatte sie meist ein Buch, meist Gesell, Arnold: ›Säugling und Kleinkind in der Kultur der Gegenwart.‹.

»Du darfst nicht mehr mit mir schlafen«, sagte sie. »Nie wieder.«

»Noch nicht einmal, wenn er geboren ist?«

»Es ist ein Mädchen.«

»Warum bestehst du immer darauf, daß es ein Mädchen ist?«

»Ich mag keine Jungen. Die sind ekelhaft. Aller Ärger der Welt kommt von denen.«

»Mädchen machen auch Ärger.«

»Nicht so einen Ärger.«
»Du wirst unseren Sohn lieben.«
»Sie heißt Viktoria.«
»Er heißt Nick.«
»Mir gefällt Viktoria besser.«
»Du meinst Viktor?«
»Ich meine Viktoria.«

Da war auch noch dieses heftige Verlangen nach ihr. Ich hatte es von dem Augenblick an, als sie ich zum ersten Mal sah. Sie ging weg damals; sie spazierte aus dem Haus ihrer Tante, wo wir uns beim Tee begegnet waren, und ich war zu nichts zu gebrauchen ohne sie, ein vollkommener Krüppel, bis wir uns wiedersahen. Wäre sie nicht gewesen, ich hätte mein Leben auch mit einem anderen Beruf zubringen können – als Reporter oder als Maurer, was immer sich gerade bot. Meine Prosa entstand durch sie. Das war eine Tatsache. Ich wollte ständig aufgeben; ich haßte das Schreiben, verzweifelte, zerknüllte Papier und warf es quer durch das Zimmer. Aber sie konnte das weggeworfene Zeug durchstöbern und Sätze zutage fördern, und ich wußte eigentlich nie, wann ich gut war. Ich fand jede Zeile, die ich schrieb, nur durchschnittlich, denn ich hatte keinen Maßstab und konnte nie sicher sein.

Aber sie nahm die Seiten und fand die guten Passagen und rettete sie und verlangte nach mehr. So wurde es zur Gewohnheit für mich, und ich schrieb so gut ich konnte und gab ihr die Seiten, und sie fing an, mit Schere und Klebstoff zu werkeln, und wenn es fertig war und einen Anfang und eine Mitte und einen Schluß hatte, dann überraschte mich das mehr, als wenn ich es gedruckt sah. Allein hätte ich das nie gekonnt.

Drei Jahre vergingen so, vier, fünf, und ich fing an, ein bißchen vom Handwerk des Schreibens zu verstehen, aber das, was ich verstand, verstand ich durch sie, und ich machte mir wenig Gedanken um die anderen, die vielleicht mein Zeug lasen. Ich schrieb für sie, und wenn sie nicht dagewesen wäre, hätte ich vielleicht überhaupt nicht geschrieben.

Als sie schwanger war, hatte sie keine Lust, mich zu lesen. Ich brachte ihr Teile des Drehbuchs, und sie war nicht interessiert. In jenem Winter, als sie im fünften Monat war, schrieb ich eine Kurzgeschichte, und sie schüttete Kaffee darüber – so etwas war noch nie passiert – und las sie mit gähnender Aufmerksamkeit. Vor dem Baby hätte sie das Manuskript mit ins Bett genommen und Stunden damit zugebracht, es zusammenzustreichen und in Ordnung zu bringen und Kommentare an den Rand zu schreiben.

Das Kind kam zwischen uns wie ein Stein. Ich machte mir Sorgen und überlegte, ob es jemals wieder so wie früher sein würde. Ich sehnte mich nach den alten Zeiten, als ich in ihr Zimmer gehen und irgend etwas hochheben konnte, was ihr gehörte, ein Kopftuch oder ein Kleid oder ein Stück weißes Band, und mir von der Berührung allein schon schwindlig wurde, und ich wie ein Ochsenfrosch nach den Wonnen meiner Geliebten krächzte. Der Stuhl, auf dem sie vor ihrem Schminktisch saß, das Glas, das ihr liebliches Gesicht widerspiegelte, das Kissen, auf das sie ihren Kopf legte, ein Paar Strümpfe, die zum Waschen zurechtgelegt waren, die umwerfende Süße ihrer Seidenslips, ihrer Nachthemden, ihrer Seife, ihrer nassen Handtücher, die noch warm waren vom Bad: Ich brauchte diese Dinge. Sie waren Teil meines Lebens mit ihr, und die verschmierten Spuren ihres Lippenstiftes störten mich nicht, denn das Rot kam von den warmen Lippen meiner Frau.

Nun hatten sich die Dinge geändert. Ihre Nachthemden waren Spezialanfertigungen mit einem großen Loch vorne, durch das die Kugel höhnisch grinste, ihre Slips waren unmögliche

Säcke, ihre flachen Schuhe waren eindeutig nur fürs Reisfeld geeignet, und ihre Blusen sahen aus wie kleine Hundehütten. Welcher Mann könnte solch ein Nachthemd in die Hand nehmen und sein Gesicht darin vergraben und voller vertrauter Leidenschaft erschauern? Außerdem roch alles anders. Vorher hatte sie ein Parfum, das hieß ›Farn in der Dämmerung‹. Es roch, als würde man Chopin und Edna Miller einatmen, und wenn dieser Duft von ihrem Haar und den Schultern aufstieg, dann wußte ich, daß die Jagd eröffnet und ich am Zuge war. Sie benutzte Farn in der Dämmerung nicht mehr: Etwas anderes war an die Stelle getreten, eine Art Gaylord Hauser Kölnischwasser, das schrecklich gesund roch, nach reinem Alkohol und Kernseife. Dazu kam noch der Geruch von Vitamintabletten, Bierhefe, dunklem Sirup und einer weißlichen Salbe, mit der sie ihre schmerzenden Brustwarzen behandelte.

Wenn ich im Bett lag, hörte ich sie herumwandern und fragte mich, was mit uns los war. Ich rauchte im Dunkeln und stöhnte, überzeugt davon, daß sie mich in die Arme einer anderen Frau trieb. Nein, sie wollte mich nicht mehr, sie zwang mich zu einer anderen Frau, einer Geliebten. Aber was für einer Geliebten?

Vor Jahren schon hatte ich mich aus dem Dschungel zurückgezogen, in dem Junggesellen auf die Jagd gingen. Wo sollte ich, selbst wenn ich wollte, eine andere Frau finden? Ich sah mich auf dem Santa Monica Boulevard herumschleichen und in dunklen heruntergekommenen Bars Frauen vollsabbern, mir schlaue Sätze abzwingen und zu viel trinken, um die öde Häßlichkeit dieser Romanzen zu vergessen. Nein, ich konnte Joyce nicht betrügen. Ich hatte noch nicht einmal Lust zum Fremdgehen, und auch das machte mir Sorgen. Schließlich war es üblich, daß Männer ihren Frauen während der Schwangerschaft untreu waren. Im Golfclub passierte das ständig: Alle Männer erzählten davon. Was also stimmte mit mir nicht? Warum war ich nicht unterwegs, nicht auf der Jagd nach verbotenen Früchten? Und so lag ich da und versuchte, einen Funken dieser Sehnsucht nach verbotenen Früchten in mir zu entfachen. Aber da war keiner.

Trotzdem war ich froh, allein zu schlafen. Ich hatte vergessen, wie angenehm das war. Vier Jahre lang hatten wir jede Nacht Seite an Seite gelegen. Ich hatte mich vollkommen daran gewöhnt, nahm Tritte hin, ohne mich zu beklagen, und hatte über dreizehnhundert Nächte nur halb zugedeckt geschlafen. In der letzten Zeit hatte ihr Zustand sie noch schlimmer werden lassen. Jedes Gefühl für Fairneß war dahin. Sie war zurückgekehrt in den Urwald, wo jeder um seine Existenz kämpfte. Nun mißhandelte sie mich mit kalter Berechnung. Nachts wurde ich zu den unmöglichsten Zeiten aus dem Schlaf gerissen vom Griff nach meinem Kopfkissen, vom Biß in Äpfel oder von der verfeinerten Folter der Crackerkrümel, die sich in meine Rippen bohrten. Sie aß wie eine der Hungersnot Entronnene. Sie kam ins Bett mit riesigen Sandwiches und einem Krug Milch. Ihr Milchverbrauch war unglaublich. Sie saß auf Kissen gestützt – meine und ihre –, und aß und las, meist Gesell, Arnold: ›Säugling und Kleinkind in der Kultur der Gegenwart‹; Gesell, Arnold: ›Die Ernährung des Säuglings‹ (mit Ill.). Oder Gilbert, Margaret: ›Biographie des Ungeborenen‹.

Zehnmal pro Nacht schoß sie aus dem Bett und rannte ins Badezimmer, zog die Toilettenspülung mit trotzigem Krach, gurgelte, putzte sich die Zähne, duschte. Dann mit gekonntem Dreisprung zurück ins Bett, wo sie sich niederließ wie auf einem Thron in einem Restaurant, eine runde Göttin, von Kissen umschmeichelt.

Ob ich mich bewegte oder murmelte, war ihr gleichgültig.

O ja, ich war sehr froh, allein zu schlafen, in einem Bett zu liegen, das nicht gleichzeitig noch ein Eßtisch war, und meine Arme und Beine auszustrecken. Es war ein gespenstisches Vergnügen, ein atavistischer Genuß, die Rückkehr zu Mutter Erde. Aber sie spürte meine Freude; sie muß sie durch die Wand gefühlt haben, denn sie fing an, Dinge zu wollen. Ein Glas Milch, ein Sandwich, ein Streichholz, ein Buch. Und wenn es nicht etwas derartiges war, dann ging plötzlich das Licht neben meinem Bett an, und sie stand da, schwer und weiß und traurig, und sagte leise: »Ich kann nicht schlafen.« Es war ein Bett für einen, und wenn sie sich neben mich legte, war kein Platz mehr, es sei denn, sie legte sich auf den Rücken, und die Kugel ragte steil in die Luft. Ich drückte mich an die Wand. Es war, als schliefe man am Rande des Abgrundes.

»Du haßt mich, nicht wahr?« sagte sie.

»Ich hasse dich nicht.«

»Warum zuckst du zurück? Ist was nicht in Ordnung?«

»Ich kann mich doch nicht auf dich legen zum Schlafen.«

»Du kannst, wenn du willst.«

»Das läßt mich kalt. Tut mir leid.«

»Ist es mein Atem?«

Sie pustete mir ins Gesicht. Ihr Atem, der früher warm und süß war, hatte jetzt diesen Ich-bin-schwanger-Geruch, nicht unangenehm, aber auch nicht angenehm.

»Es geht so.«

Für eine kurze Zeit lag sie bewegungslos, starrte an die Decke, und der weiße Hügel hob und senkte sich regelmäßig. Ihre Hände waren darauf gefaltet. Sie fing an zu weinen, ein kleines Rinnsal von Tränen rollte ihr Gesicht herab.

»Schatz! Was ist los?«

»Ich habe Verstopfung«, schluchzte sie. »Andauernd habe ich Verstopfung.«

Ich nahm sie in die Arme, strich ihr die Haare aus dem Gesicht und küßte ihre warme Stirn.

»Keiner mag eine schwangere Frau«, weinte sie. »Ich sehe das, überall, wohin ich auch gehe. Auf der Straße, in den Geschäften, immerzu. Alle glotzen bloß und glotzen. Es ist schrecklich.«

»Das bildest du dir ein.«

»Dieser nette Metzger. Er war immer so reizend. Jetzt schaut er mich kaum noch an.«

»Ist das wichtig?«

»Das ist SEHR wichtig!«

In der Nacht weinte sie so lange, bis ihr Gesicht ganz geschwollen war und die Spannung sich gelöst hatte, bis das Rumoren im Nest sie ablenkte. Sie warf die Bettdecke zur Seite.

»Schau mal!«

Das Kind krümmte sich wie ein Kätzchen, das in einem Ballon gefangen ist. Es trat heftig, und etwas, das aussah wie ein winziger Fuß, bearbeitete ausdauernd die Wände seines Gefängnisses.

»Mädchen treten nicht so doll.«

»Und ob sie das tun.«

Ich legte mein Ohr an den warmen weichen Berg und lauschte. Es hörte sich an wie in einer Brauerei, zischende Rohre, brodelnde Fässer, dampfende Flaschenwaschanlagen, und in der Ferne, auf dem Dach der Brauerei, rief jemand um Hilfe. Sie nahm meine Hand.

»Fühl mal den Kopf.«

Ich fand die Stelle. Sie war so groß wie ein Baseball. Ich fühlte etwas, was ich für die Hände und die Füße hielt. Dann bekam ich einen Schreck, sagte aber nichts, um sie nicht aufzuregen. Da drin waren zwei Bälle, es waren ZWEI Köpfe!

Ich sagte ihr, es wäre wunderbar, aber meine

Kehle tat weh vor Furcht, weil sie wirklich dawaren: Meine bewunderungswürdige Joyce trug eine ganz schreckliche Last. Ich fühlte noch einmal nach. Es gab keinen Zweifel. Das Kind war ein Ungeheuer. Ich biß die Zähne zusammen und legte mich wieder hin mit einem Herz voller Kummer und zu viel Angst, um zu reden. Zu einer Zeit wie dieser zu weinen war nicht tapfer, aber ich konnte meinen Gram nicht zurückhalten. Als sie meine Tränen sah, überschüttete sie mich mit Zärtlichkeiten, so gut gefiel ihr mein Weinen.

»Mein Liebling! Du hast so viel Gefühl.«

Schließlich faßte ich mich wieder, aber ich wollte allein sein, nachdenken, Dr. Stanley anrufen, wissen, ob nicht etwas getan werden konnte. Ihr Hunger gab mir eine Entschuldigung. Sie wollte ein Avocado-Sandwich. Ich stand auf, um es zu holen. Aber ich mußte sichergehen, daß ich mich nicht getäuscht hatte, und kam noch einmal zurück.

»Laß mich noch mal fühlen«, sagte ich.

»Natürlich.«

Meine Hand suchte die Gegend ab. Ich fiel fast in Ohnmacht, als die zwei Ausbuchtungen gegen meine Handfläche drückten. Es war also wahr: Wir hatten ein Ungeheuer gezeugt. Ich taumelte die Treppe hinunter in den kleinen Raum neben der Küche, wo unser Telefon stand. In diesem kleinen Eckchen stand ich in der Dunkelheit, lehnte den Kopf gegen die Wand und fing wieder an zu weinen.

Viele Dinge waren jetzt klar, und die Vergangenheit lag offen sichtbar wie der Inhalt eines umgestürzten Mülleimers. Denn es war nicht Joyce, die die Schuld trug. Ihr Leben war rein und fleckenlos gewesen. Aber die Junggesellenjahre des John Fante waren dumme Jahre voll ungestümer Liebesaffären. Da war viel geschehen, was mich schamrot werden ließ. Es hatte Sünden gegeben, schwere Sünden, und irgendwo in diesem bösen Strudel war die Strafe gesät worden, und nun war die schlechte Ernte reif.

Ich machte das Sandwich und trug es nach oben. Joyce war bereit, sie wogte in den Kissen und reckte die Arme dem Essen entgegen. Ich konnte es nicht ertragen. Ich ging hinunter, zog das Telefon in die Küche, schloß die Türen und wählte Dr. Stanleys Nummer. Er war im Krankenhaus und wartete auf eine Geburt.

»Ich muß sofort mit Ihnen sprechen.«

»Wie geht es Joyce?«

»Ihr geht es gut. Es geht um mich. Und um das Kind.«

»Um Sie?«

»Ich komme rüber. Es ist sehr wichtig.«

Ich ging wieder nach oben. Joyce hatte aufgegessen. Sie lag ausgestreckt und betrachtete die Kugel.

»Es ist schön«, sagte sie. »Alles ist schön.«

Sie war bald eingeschlafen. Ich zog mich an und schlich auf Zehenspitzen die Treppe hinunter und zur Seitentür hinaus in die Garage. Es war Viertel vor drei, und die Straßen waren verlassen; eine Art Wahnsinn lag in der unheimlichen Stille dieser riesigen Stadt. Zehn Minuten später parkte ich vor dem St. James Hospital. Der Pförtner sagte mir, Dr. Stanley sei im zwölften Stock. Er betreute so viele Entbindungen, daß das Krankenhaus ihm einen Raum auf der Entbindungsstation reserviert hatte, wo er ein Schläfchen halten konnte. Die Tür zu seinem Zimmer stand offen. Er lag in Hemdsärmeln auf einer Bettcouch. Mein leises Klopfen weckte ihn sofort, und er sprang auf. Er war ein kleiner Mann mit dem Gesicht eines Säuglings, und in seinen großen Augen stand ständiges Staunen. Wir gaben uns die Hand.

»Sind Sie auch schwanger?«

Ich antwortete, die Sache sei nicht komisch.

»Wirklich?«

»Ich glaube, ich bin ein sehr kranker Mann.«

»Mir kommen Sie ganz gesund vor.«

»Warten Sie, bis ich es Ihnen erzählt habe. Dann ist es nicht mehr zum Lachen.«

»Ich warte. Nehmen Sie Platz.« Ich sank auf das Bettsofa und kramte nach Zigaretten. »Mit dem Baby ist was ganz Schreckliches.«

»Ich dachte, es ginge um Sie?«

»Dazu komme ich gleich. Mein Leiden hat mit dem Baby zu tun. Meine Krankheit.«

»Was für eine Krankheit ist das?«

Ich konnte es ihm nicht sagen. Ich wollte es ihm nicht sagen.

Er fragte: »Wann hatten Sie Ihren letzten Wassermanntest?«

Ich sagte ihm, vor etwa einem Jahr.

»Aber die sind nicht unfehlbar, Doktor. Das weiß ich aus einer Zeitschrift.«

»Sind Sie Ihrer Frau untreu gewesen?«

»Ja, ich meine, nein. Was ich sagen will ist, bevor ich geheiratet habe, war da ein Mädchen. Ich meine, VIELE Mädchen. Was ich meine ist, ich mache mir Sorgen.«

»Weshalb glauben Sie, daß mit dem Kind was nicht in Ordnung ist?«

»Ich habe ihn gefühlt.«

»Ihn gefühlt? Wie?«

»Ich habe meine Hand auf Joyce's Bauch gelegt.«

»Und?«

»Ich habe was Merkwürdiges gefühlt.«

»Wie war das?«

»Ich habe da einen Artikel in einer medizinischen Zeitschrift gelesen, Doktor. Manchmal ist der Wassermann nicht genau.«

»Wie hat sich das angefühlt?«

Plötzlich wollte ich nicht mehr darüber reden. Plötzlich wurde mir klar, daß ich ein Idiot war, daß dem Baby nichts fehlte, daß es keine zwei Köpfe hatte, daß die ganze Geschichte ein großer unverarbeiteter Brocken von Schuldgefühlen war und daß mein Gespräch mit Dr. Stanley um halb vier Uhr früh auf der Entbindungsstation im zwölften Stock des St.James Hospital absolut lächerlich war. Ich wollte weg, in mein Auto, heimfahren, ins Bett kriechen, mir Decken über den Verstand ziehen und an einem neuen Morgen gutgelaunt und erholt aufwachen. Statt dessen stand ich vor diesem müden Arzt, quälte ihn mit meinen idiotischen Einfällen, und es galt, möglichst zivilisiert zu verschwinden.

»Dr. Stanley, ich glaube, ich habe einen schweren Fehler gemacht.«

»Sie haben also das Kind gespürt, und es hat sich merkwürdig angefühlt. Schildern Sie mir dieses eigenartige Gefühl. Beschreiben Sie es.«

Die Antwort war: zwei Köpfe. Lieber aus dem Fenster springen, als das aussprechen.

»Es tut mir leid, Herr Doktor. Ich habe mich geirrt. Ich habe bloß gedacht, ich hätte was gefühlt. Es tut mir leid, daß ich Sie gestört habe.«

Ich wollte zur Tür hinaus, aber er ließ mich nicht gehen, drückte auf einen Klingelknopf an der Wand, und sofort kam eine Krankenschwester. Er befahl mir, die Jacke auszuziehen und den Ärmel hochzurollen, weil er mich beruhigen, meinen Kopf von jedem Zweifel befreien wollte.

»Aber das ist absurd. Mit meinem Blut ist alles in Ordnung – wirklich.«

Er legte eine Gummimanschette um meinen Arm und pumpte, bis die Venen anschwollen, und ich fühlte den Einstich und sah zu, wie mein Blut in eine Spritze gesaugt wurde.

»Kommen Sie morgen nacht wieder«, sagte er. »Egal wann. Ich bin hier und habe das Ergebnis.«

Ich rollte den Ärmel herunter und zog die Jacke an.

»Das ist unsinnig, Doktor. Mir fehlt wirklich nichts.«

»Gehen Sie nach Hause. Schlafen Sie ein bißchen.«

Ich fuhr durch die stillen Straßen nach Hause und dachte an die anderen Mädchen, die liebe Avis und die gute Monica, und nach all den Jahren hatte ich plötzlich schreckliche Sehnsucht nach ihnen. Sie waren so schön und zärtlich gewesen und hatten solch wunderbare Körper gehabt, die nicht von Schwangerschaft aufgequollen waren. Diese Mädchen, ich hatte ein so ungeheures und widerliches Verlangen nach ihnen, die für immer verschwunden waren, und ich weinte beinahe, als mir klar wurde, daß ich sie nie wieder besitzen konnte. Das war Ehe, dieses Begrabensein, dieses scheußliche Gefängnis, wo ein Mann aus dem überwältigenden Bedürfnis, gut und anständig und normal zu sein, es geschehen läßt, daß er sich um drei Uhr morgens wie ein Schwachsinniger benimmt. Und Kinder sind der einzige Lohn, und auch die sind eine undankbare Brut. Ich sah sie vor mir, meine Kinder, wie sie mich als alten Mann auf die Straße warfen, mich aus dem Haus vertrieben, Papiere unterzeichneten, um mich in ein Altersheim zu schaffen und loszusein, mich, einen tatterigen alten Mann, der die besten Jahre seines Lebens in ehrlicher Sklaverei verbracht hatte, damit sie das Leben in vollen Zügen genießen konnten. Und das war der Dank!

In der nächsten Nacht saß ich wieder im Krankenhaus und wartete auf Dr. Stanleys Bericht wegen meines Bluttests. Ich haßte es, dort zu sein. Dr. Stanley hatte gerade eine Entbindung, und die Krankenschwester bat mich, im Aufenthaltsraum zu warten. Zwei andere Väter waren dort, einer schlief in einem Ledersessel, der andere las eine Zeitschrift. Ich rauchte und ging auf und ab. Es war lächerlich. Ich gehörte nicht hierher – noch nicht. Aber da war ich nun und ging auf und ab, und der Mann mit der Zeitschrift glaubte, wir teilten ein gemeinsames Schicksal.

»Wie geht's Ihrer Lady?« fragte er.

»Gut. Und Ihrer Frau?«

»Nicht gut.«

Seine Augen waren rote Schlitze und sein Gesicht sorgenzerfurcht. Sein Haar war lang, und er war unrasiert. »Seit dreizehn Stunden liegt sie in den Wehen.«

»Das tut mir aber leid.«

»Vielleicht müssen die einen Kaiserschnitt machen.«

Das war kein Ort für mich. Ich zog diesen Ort, wo Frauen litten und Männer sich ängstigten, in den Schmutz. Diese Leute hatten echte Sorgen, aber ich tat nur so, ein Opfer meiner selbst. Dann kam die Schwester.

»Herr Fante ...«

Der Kaiserschnittvater schüttelte mir die Hand. Auch der andere Mann stand auf und gab mir die Hand. Sie wünschten mir viel Glück. Ich dankte ihnen und folgte der Krankenschwester den Gang hinunter bis zu Dr. Stanleys kleinem Zimmer. Er war da und hielt einen Streifen Papier in der Hand.

»Mit Ihnen ist alles in Ordnung.«

»Das habe ich die ganze Zeit gewußt.«

Er lächelte.

»Was haben Sie gestern abend gegessen?«

Ich sagte es ihm: Spaghetti, Frikadellen, Salat, Wein, Eis.

»Warum, Herr Doktor?«

»Cholesterol. Die Analyse zeigt zu hohe Werte. Was Sie gestern abend gegessen haben, erklärt das.«

»Cholesterol! Grundgütiger Himmel! Ich habe in einer Zeitschrift was über Cholesterol gelesen. Das ist gefährlich. Das verstopft die Arterien und verursacht Herzinfarkt. Das stand in ›Hygeia‹.«

»Haben Sie Probleme mit dem Herzen?«

»Noch nicht, aber ...«

»Machen Sie sich keine Sorgen.«

»Cholesterol! Und das mir.«

Er riet mir, keine medizinischen Artikel

mehr zu lesen und die ganze Geschichte zu vergessen, aber ich konnte sie nicht vergessen und schleppte mich den Gang entlang, tastete nach dem Aufzugsknopf, Schweiß tropfte von meinen Handflächen, während der Aufzug hinunter fuhr, und in meinem Bauch brodelte es, Cholesterol, Herzinfarkt, Autor bricht zusammen und stirbt an einem überraschenden Anfall, hinaus auf die Straße, taumelte zum Auto, setzte mich ans Steuer, schaute auf meine Armbanduhr, fühlte mir den Puls, zählte die Schläge, John Fante, plötzlich von uns gegangen, Karriere vorzeitig beendet, zweiundsiebzig pro Minute, mein Gott, Cholesterol: Ich mußte unbedingt nachschlagen, mich gründlicher informieren, mich mit dieser schrecklichen Substanz vertrauter machen.

Joyce schlief, als ich nach Hause kam. Es war gegen Mitternacht. Ich ging ins Bett und ließ das Licht brennen und fühlte mir regelmäßig den Puls. Es war eine schwere Nacht. Ich weiß noch, daß es hell wurde, und dann war ich eingeschlafen. Mittags wachte ich auf, und es ging mir gut.

Joyce saß in ihrem Zimmer und schrieb Briefe.

»Wie hast du geschlafen?«

»Schrecklich«, sagte sie. »Ich habe die ganze Nacht kein Auge zugetan.«

»Laß uns keine Spaghetti mehr essen. Die haben ganz viel Cholesterol.«

»Ach, wirklich?«

»Wir werden grünen Salat und Karotten essen. Frisches Gemüse, frisch aus der Erde, knackig und gut für dich.«

Ich ging ins Badezimmer und fühlte mir den Puls. Achtundsechzig. Vier weniger. Ein niedriger Puls war besser als ein hoher. Soviel war sicher. Das wußte ich aus mehreren Zeitschriften.

Am Morgen des 18. März um 9 Uhr 27 brach Joyce Fante im siebten Monat ihrer Schwangerschaft durch den Küchenfußboden. Ihr Gewicht – sie hatte fünfundzwanzig Pfund zugenommen, und die Waage sagte hundertvierundvierzig – und der Zustand der Balken führten zu einem erschütternden Höhepunkt, als die termitenzerfressenen Fußbodenbretter unter dem zerreißenden Linoleum nachgaben, und die Frau mit dem dicken Bauch landete etwa einen Meter tiefer auf der Erde.

Ich saß im ersten Stock in der Badewanne, als es passierte, und ich erinnere mich genau an jede Kleinigkeit vor und nach dem

Unglück. Zuerst war da dieser wunderschöne, ruhige Morgen, prächtig im goldenen Sonnenlicht, die gelassene Ruhe des Bades, die geheimnisvollen Geisterbeschwörungen des eingesperrten Wassers, der Zauber ferner Dinge und dann von irgendwo, von überall her das Beben der Atmosphäre, das böse Omen einer Kettenreaktion in spaltbarem Material. Einen Augenblick später hörte ich ihren Schrei. Es war ein Theaterschrei, Barbara Stanwyck in der Gewalt eines Räubers, und er zerrte an meinen Nerven wie der Finger eines Giganten.

Ich sprang aus der Badewanne und riß die Tür auf. Unten hörte ich Joyce kreischen. Mein erster Gedanke galt dem Kind – der kostbaren weißen Melone.

»Ich komme, Joyce. Sei tapfer, mein Schatz. Ich komme.«

Ich hatte ein Gewehr in meinem Zimmer, aber in dem Moment war mein einziger Gedanke, daß sie mich brauchte. Als ich hinunterstürzte, nackt und voller Angst, wußte ich irgendwie, daß dieses meine letzten Schritte als Mensch waren, daß wir gemeinsam sterben würden, daß wir vielleicht überlebt hätten, wenn ich bewaffnet gewesen wäre.

Zuerst sah ich sie nicht. Dann fand ich sie

vor dem Küchenherd, wo sie gemütlich in einem engen Loch steckte, aber klein, als wäre sie ein Zwerg, in der einen Hand eine Scheibe Schinken, in der anderen Hand ein Pfanne und umgeben von vielen zerbrochenen und verschmierten Eiern. Sie war eher wütend als verletzt, geschmolzene Butter tröpfelte ihr aus den Haaren und mischte sich mit ihren Tränen, und Eigelb platschte zähflüssig von ihrem Ellenbogen.

»Würdest du mich wohl hier herausholen?«

Ich zog sie heraus. Sie war überraschend ruhig. Ich stand da und schaute auf den Fußboden herunter.

»Was is passiert?«

Ihre Hände fuhren suchend über den Berg, tasteten nach Leben. Sie ging zum Telefon und fing an zu wählen. »Sagen Sie Dr. Stanley, er soll sich beeilen. Es ist ein Notfall.« Sie legte auf und ging auf die Treppe zu.

»Wie ist das passiert?«

Sie antwortete nicht. Kurz danach lag sie im Bett. Ich rannte hektisch herum und brachte ihr alles mögliche. Sie war schneeweiß, aber sehr gefaßt. Dann schloß sie die Augen. Das machte mir Angst. Ich schüttelte sie.

»Bist du in Ordnung?«

»Ich glaube schon.«

Sie schloß wieder die Augen. Das machte mir wieder Angst. Ich rannte nach unten und holte ihr etwas Brandy. Sie wollte keinen. Ich bat sie, die Augen nicht zuzumachen . . .

»Ich ruhe mich nur aus.«

»Ich glaube, du solltest die Augen offen lassen.«

»Ich ruhe mich nur aus, bis der Arzt kommt.«

Dr. Stanley kam zwanzig Minuten später. Ich brachte ihn nach oben und er begann, sie zu untersuchen. Der Sturz hatte weder ihr noch dem Kind geschadet. Er packte sein Stethoskop wieder ein. Ich begleitete ihn zur Haustür. Ich fand, wir sollten über diese Sache ein Gespräch unter Männern führen.

»Kann ich irgend etwas tun?«

»Nein. Gar nichts.«

In seinen Augen glitzerte es kalt. Er hatte langsam genug von uns. Wir kosteten ihn viel Zeit.

Ich ging zurück in die Küche und stand vor dem Loch im Fußboden. Pilze und Termiten hatten das Holz zerfressen. Es zerbröselte zwischen meinen Fingern wie weiches Brot. Ich ging quer durch den Raum zum Waschbecken und rammte meinen Absatz in den Boden. Der Stoß hinterließ ein Loch. Offensichtlich war der gesamte Fußboden verrottet. In der Frühstücksecke schlug ich mit der Faust gegen die Wand. Meine Fingerknöchel versanken in schwammigem Putz und Holz. Ich stieg auf den Tisch, um die Decke zu untersuchen, aber mein Gewicht ließ die Tischbeine in den Fußboden sinken. Ich ging ins Eßzimmer und stand vor der großen Fläche einer blaßgrünen Wand, frisch gestrichen, makellos. Ich hob die Faust und wollte zuschlagen, aber in mir war eine große Schwäche, und ich hatte Angst zuzuschlagen.

Mein Haus! Warum war John Fante das widerfahren? Was hatte ich getan, womit den Rhythmus der Sterne auf ihrer ewigen Wanderung gestört? Ich ging zurück zu dem Loch in der Küche und starrte. Ich hob ein Stück verrottetes Holz auf. Da sah ich sie, die kleinen weißen Tierchen, die durch das tote Holz krochen, das Holz meines Hauses, und ich nahm eins zwischen meine Finger, seine kleinen weißen Beine zappelten in der Luft – ein Termit, eine unmenschliche Bestie, und ich tötete sie. Ich, der ich es nicht ertrug, irgend etwas zu töten, aber ich mußte sie vernichten für das, was sie und ihre schreckliche Brut meinem Haus angetan hatten. Es war der erste Termit, den ich je umgebracht hatte. All die Jahre über hatte ich sie gesehen und mit neugieriger Bewunderung beobachtet. Ich war ein überzeugter Anhänger der Philosophie des Leben-und-leben-Lassens, und das war nun der Dank, dieser verabscheuungswürdige Verrat. Irgend etwas war falsch an meiner Art zu denken, mein Verhältnis zu Getier mußte sich ändern. Ich mußte mich der harten Realität der Tatsachen stellen, und ich fing auf der Stelle an, sie umzubringen. Ich brach das Holz auseinander und zerquetschte sie, zermalmte ihre ruchlosen kleinen Leiber, während sie von Panik ergriffen durch meine Finger rannten.

Ein Makler namens J. W. Randall hatte uns das Haus verkauft. Er war sehnig und scharf, ein Cowboy, der sich aus dem Sattel zurückgezogen hat. Er kam und untersuchte den Schaden. Er zerdrückte das schwammige Holz zwischen seinen Fingern und wischte die Termiten weg, die über die langen Haare auf seinem Handrücken ausschwärmten.

»Mr. Randall, wir sind reingelegt worden. Ich werde Sie verklagen.«

»Sie können mich nicht verklagen.«

»Sie haben den Kauf arrangiert.«

»Sie müssen sich an Smith halten. Sue Smith.«

Smith war der Termitenfachmann.

»Hörst du, Joyce? Smith ist unser Mann. Wir werden ihn vor Gericht zerren.«

Joyce sagte: »Mr. Randall, Sie sind ein Schuft.«

Er erstarrte.

»Moment mal, junge Frau.«

Sie ging einfach weg. Mr. Randall war verletzt und wütend. Er stapfte aus dem Haus. Ich rannte hinter ihm her. Griesgrämig und heftig durch die Nase atmend, stieg er in sein Auto.

»Seit dreißig Jahren bin ich in diesem Geschäft. Verdammt nochmal, Mann! Ich habe den Wilshire Boulevard GEMACHT! Und sie nennt mich einen Schuft.«

»Sie ist aufgeregt, Mr. Randall. Es ist ihr Zustand.«

»Mein Sohn, laß mich dir einen Rat geben. Ich bin Großvater, habe vier Enkel. Sorg dafür, daß sich die junge Dame wieder beruhigt. Eine schwangere Frau muß ruhige und reine Gedanken haben. Kein Wunder, daß wir heutzutage so viel Jugendkriminalität haben. Achte darauf, Junge. Ich weiß, wovon ich rede.«

»Was ist mit Smith?«

»Zeigen Sie ihn an.«

Smith war unauffindbar. Ich ging zu der Garage, in der er früher seine Geschäfte abgewickelt hatte, eine verputzte Hütte hinter einer Tischlerei in der Temple Street. Er nannte seine Firma Mord und Co. Er war weg. Keiner wußte etwas über ihn, außer daß er gern Kräuterschnaps trank. Ich sprach mit einem Rechtsanwalt. Er sagte mir, es würde zwei Jahre dauern, bis wir einen Termin vor Gericht bekämen, und ohne Smith hätten wir nichts in der Hand. Ein Bauunternehmer kam ins Haus und machte uns einen Kostenvoranschlag für die Reparatur. Er sagte viertausend.

Joyce: »Damit können wir uns zehn Kinder leisten.«

Viertausend! Das stach mir ins Herz wie ein Messer. Ich schwankte in die Küche, verletzt und niedergeschlagen. Der größte Schaden war hier in der Küche. Auf Händen und Knien rutschte ich unter dem Waschbecken herum und suchte den Fußboden ab. Ein Geräusch! Ich legte mein Ohr an den Boden. Dort unten, nur Zentimeter entfernt, konnte ich sie hören, die abscheulichen Bestien, wie sie an meinem Holz nagten. Es war das rhythmische Mahlen tausender kleiner Kiefer, die sich am Fleisch und Blut des John Fante labten.

Dann, mit einem Mal, wußte ich, was zu tun war. Wie kühles Wasser war der Einfall. Er riß die Wolken auf, der Sturm war vorbei, und da erschien er, kraftvoll wie das Licht der Sonne, der größte Maurer von ganz Kalifornien, der edelste aller Baumeister – Papa! Mein eigen Fleisch und Blut, der alte Nick Fante. Ich rannte zur Treppe und rief Joyce.

»Wie blind wir doch sind! Wie blöd!«

»Warum?«

»Mein Vater!«

»Wunderbar!«

Sie kam herunter, und wir fielen uns in die Arme. Sie liebte Papa, und er verehrte sie.

»Der macht das umsonst. Wir sparen Tausende.«

Aber sie wurde ernst und nachdenklich.

»Versprich mir etwas.«

»Was du willst.«

»Daß du unser Kind nie so behandelst wie dein Vater dich behandelt hat.«

»Er war ein guter Vater, hart, aber gut.«

»Einmal hat er dich mit der Maurerkelle geschlagen, auf die nackte Haut. Das hat mir deine Schwester Stella erzählt.«

»Das hatte ich verdient. Ich habe seine Zementmischmaschine verscherbelt und mir ein Fahrrad gekauft.«

»Man schlägt Kinder nicht mehr. Das hat sich als falsch erwiesen. Man nimmt ihnen etwas weg, woran sie hängen.«

»Er hat mir das Fahrrad weggenommen. Außerdem war es die einzige Mischmaschine, die er hatte.«

»Hast du von Gesell ›Wolfskind und Menschenkind‹ gelesen?

Ich hatte nicht.

»Das sollte jeder Vater kennen. Grundwissen.«

»Ich lese es auf dem Flug nach Norden.«

Zweites Kapitel

Meine Mama und mein Papa lebten in San Juan, im Tal von Sacramento, etwa zwölf Meilen von der Landeshauptstadt. Sie hatten inzwischen ein geruhsames Leben, bekamen Rente und glitten durch die friedlichste Etappe ihres Lebens. Sie wohnten in einem Häuschen aus Rotholz mit vier Zimmern, und ein gewaltiger Feigenbaum spendete dem Garten hinter dem Haus Schatten. Ein Dutzend Hennen gackerten im Hühnerhof und waren vollgestopft mit heruntergefallenen Feigen und üppigen Tokaiertrauben von den Weinstöcken, die den Zaun überwucherten. Diese Hennen legten riesige Eier, deren Wärme Mama voll ironischer Nostalgie gern in ihren Händen spürte, denn in dem Leben dieser Mutter hatte es eine Zeit gegeben, wo die Zahl der Kinder die der Eier überstieg.

Auf einer Tonne unter dem Feigenbaum

schliefen Papas vier Katzen, schimmernde ägyptische Gottheiten, von Rinderherzen, Kalbsbries und Milch wohlgenährt. Diese vier Katzen hatten vier Kinder ersetzt, die erwachsen geworden waren und das Tal verlassen hatten, um zu heiraten und schlechte Augen und künstliche Gebisse zu bekommen, weil früher Arbeit knapp war und Papa nie genug verdient hatte, um seinen Kindern regelmäßig Rinderherz, Kalbsbries und Milch zu geben.

Sie lebten in heiterer Einsamkeit, meine Mama und mein Papa, lasen den ›Sacramento Bee‹ und hörten Radio, sammelten Eier ein und harkten die großen grünen Feigenblätter zusammen. Zwei Leute Ende sechzig, voll Sehnsucht nach dem Briefträger, der sie nicht länger mit Rechnungen in Angst und Schrecken versetzte und zu selten mit Briefen von den Kindern kam, die weggezogen waren.

Stella brauchte nicht zu schreiben. Sie und ihr Mann lebten auf einer Farm bei San Juan und kamen zweimal die Woche mit Körben voller Zucchini, Tomaten, Pfirsichen, Orangen und Butter.

Stella brachte ihre beiden kleinen Mädchen mit, und an heißen Nachmittagen saß Papa mit ihnen unter dem Feigenbaum, gab ihnen heimlich ein Schluck von seinem gekühlten

Wein, erzählte ihnen Geschichten und fragte sich, warum im Namen der heiligen Muttergottes von Carmel er keine Enkelsöhne hatte. Papa war siebenundsechzig, und obwohl er die nicht-italienischen Mädchen bewunderte, die seine Söhne geheiratet hatten, verdächtigte er sie doch in der Frage der Fortpflanzung des Betrugs, vielleicht auch der Unwissenheit.

Einmal pro Woche kam Joe Muto in seinem Laster die Straße hinunter gefahren und brachte zwei Gallonen Claret, die Gallone zu fünfzig Cent. Er brachte gern seine vier Enkel mit, kleine Jungen mit dunklen Augen und Muto-Gesichtern, und Papa betrachtete sie mit finsterem Blick, weil sie nicht seine waren.

Ein Leben ohne Enkelsöhne war eigentlich kein Leben. Unter dem Feigenbaum sitzend balancierte Papa den Krug auf der Schulter, trank den kühlen Wein und brütete. Am späten Nachmittag fuhr der Postbote vorbei, und Mama war am Tor in der Nähe des Briefkastens, tat so, als zöge sie hier und da etwas aus der Erde, und wartete. Wenn kein Brief kam, zog sie noch ein oder zwei Hälmchen, spähte nervös die Straße hinunter in Richtung Sacramento und ging auf ihren gichtgekrümmten Füßen ins Haus zurück. Tag für Tag schaute Papa ihr zu. Endlich riß ihm die Geduld.

»Bring Papier und Tinte.«

Gehorsam kam Mama mit einem Notizblock und Schreibzeug aus dem Haus, legte alles auf die Tonne unter dem Feigenbaum und setzte sich zurecht, um sich wieder einmal einen Brief von Papa an seine drei Söhne diktieren zu lassen. Einer lebte in Seattle, einer in Susanville und der dritte im Süden. Es waren Briefe, die sie nie abschickte, eine Geste der Beruhigung, weil Papa große Befriedigung aus dem Diktieren zog. Es besänftigte seine Nerven, wenn er durch die raschelnden Blätter wanderte, und immer wieder stehenblieb, um gedankenverloren einen Schluck Claret zu trinken.

»Schick das an alle. Schreib deutlich. Schreib genau so, wie ich dir sage. Laß kein Wort weg.«

Und sie tauchte die Feder in die Tinte, während sie unbequem auf einer Apfelkiste saß, die Knie gegen die Tonne gepreßt.

Liebe Söhne!

Eurer Mutter geht es gut. Wir brauchen euch Jungs nicht mehr. Genießt also euer Leben, lacht und spielt und vergeßt, daß ihr einen Vater habt. Aber vergeßt nicht eure Mutter. Macht euch um euren Vater keine Sorgen. Es geht um eure Mutter. Euer Vater hat hart gearbeitet, um euch Schuhe zu kaufen und die Schule zu bezahlen. Dem tut nichts leid. Der braucht nichts. Genießt euer Leben, Jungs. Spielt und lacht, aber denkt mal an eure Mutter. Schreibt ihr einen Brief. Schreibt nicht an euren Vater, weil er das nicht braucht, aber eure Mutter wird alt, Jungs. Ihr wißt, wie die Frauen sind, wenn sie alt werden. Genießt euer Leben, solange ihr jung seid. Lacht und spielt und denkt manchmal an eure Mutter. Eurem Vater ist das egal. Der hat eure Hilfe nie gebraucht. Aber eure Mutter fühlt sich einsam. Genießt eure Leben. Lacht und spielt.

Hochachtungsvoll,

Nick Fante

Und wenn Mama fertig war, nahm er einen Schluck, schnalzte mit den Lippen und sagte: »Schick das per Luftpost.«

Ich flog von Burbanks aus, nahm in Sacramento den Bus und kam mittags in San Juan an. Meine Leute lebten am Rand der Stadt, wo die Straße nicht mehr asphaltiert und die letzte Straßenlaterne dreihundert Meter weit weg war. Als ich am Bretterzaun entlang die Straße hinunter ging, konnte ich Papa unter dem Feigenbaum sehen. Sein Zeichenbrett lag auf der Tonne, darauf lagen Bleistifte, Lineale und ein

Zeichendreieck. Die Katzen schliefen zu einem Pelzknäuel zusammengerollt auf der Schaukel.

Als Papa das Quietschen des Tores hörte, drehte er sich um, und seine müden Augen blinzelten, als er versuchte, durch Wellen von Hitzeschleiern hindurch etwas zu erkennen. Es war mein erster Besuch seit sechs Monaten. Abgesehen von seinen Augen war er vollkommen fit. Er hatte dicke, backsteinförmige Hände und einen sonnenverbrannten Nacken, so hübsch wie ein Abflußrohr. Ich war auf fünfzehn Meter herangekommen, bevor er mich erkannte. Ich ließ meine Tasche fallen und streckte ihm die Hand entgegen.

»Hallo, Papa.«

Er hatte Hände wie Beelzebub persönlich, voller Hornhaut und Schwielen, die knotigen, oft gebrochenen Finger eines Maurers. Er warf einen Blick auf die Tasche.

»Was hast du da drin?«

»Hemden und so.«

Er inspizierte mich ausführlich.

»Neuer Anzug?«

»Ziemlich neu.«

»Wieviel?«

Ich sagte es ihm.

»Zu viel.«

Gefühle wallten in ihm auf. Er freute sich

sehr, daß ich nach Hause gekommen war, versuchte aber, es nicht zu zeigen. Sein Kinn zitterte.

»Riechst du die Paprika? Mama brät Paprikaschoten.«

Er kam von der Veranda hinter dem Haus, ein Strom ambrosianischer Wohlgerüche; frische grüne Paprikaschoten brutzelten in goldenem Olivenöl, verzaubert durch den Geruch von Knoblauch und das Aroma von Rosmarin, und das alles vermischte sich mit dem Geruch der Magnolien und dem dunkelgrünen Reichtum der Weinberge im Hinterland.

»Riecht gut. Wie geht's dir, Papa?«

Er schrumpfte. Jedes Jahr wurde er ein wenig kleiner. Zumindest sah es so aus. Keiner von uns war groß, aber nun, da er alt wurde, gab er mir das Gefühl, ich sei größer als er. Auch der Hof war kleiner, und ich war verblüfft über den Feigenbaum. Der war längst nicht so groß, wie ich ihn in Erinnerung hatte.

»Das Baby. Wie geht's dem Kleinen?«

»Noch ungefähr sechs Wochen.«

»Und Miss Joyce?« Er betete sie an. Er brachte es nicht über sich, sie einfach beim Namen zu nennen.

»Ihr geht's gut.«

»Sitzt das Kind hoch?« Er legte die Hand

auf die Brust. »Oder tief?« Seine Hand rutschte auf den Magen.

»Hoch, Papa. Ganz hoch.«

»Gut. Wird ein Junge.«

»Ich weiß nicht.«

»Was soll das heißen: du weißt nicht?«

»Sowas kann man doch nicht genau wissen.«

»Natürlich kann man, wenn man's richtig gemacht hat.«

Er runzelte die Stirn und sah mir streng in die Augen.

»Haste viel Eier gegessen, wie ich dir gesagt habe?«

»Ich mag keine Eier, Papa.«

Er seufzte und schüttelte den Kopf.

»Denk dran, was ich dir gesagt habe. Viele Eier. Jeden Tag drei oder vier. Sonst ist es ein Mädchen.« Er zog eine Grimasse, als er fragte: »Willst du ein Mädchen?«

»Ich hätte gern einen Sohn, Papa. Aber man muß nehmen, was kommt.«

Das machte ihm Sorgen. Auf und ab wanderte er durch die Blätter des Feigenbaumes. »Sowas sagt man nicht. Das ist nicht gut.«

»Aber Papa ...«

Er schoß herum.

»Kein aber. Und sag nich immer Papa! Ich

hab dir gesagt und ich hab euch allen gesagt, Jim, Tony und dir: Eßt Eier. Viele Eier. Guck sie dir an. Jim: nichts. Zwei Jahre verheiratet. Tony: nichts. Drei Jahre verheiratet. Und du? Was hast du? Nichts.« Er kam ganz nah, schob sein Gesicht dicht an meines, und sein Weinatem sprang mich. »Weißt du noch, was ich dir über Austern gesagt habe? Du hast jetzt Geld. Du kannst dir Austern leisten.«

Ich erinnerte mich an eine Postkarte, die er Mama diktiert hatte, und die Joyce und ich am Lake Tahoe bekommen hatten, wo wir auf Hochzeitsreise waren. Auf der Karte stand, ich sollte zweimal pro Woche Austern essen, um Fruchtbarkeit und die Empfängnis männlicher Nachkommen zu sichern. Ich hatte diesen Rat nicht befolgt, weil ich keine Austern mochte. Ich hatte keine persönliche Animosität gegen Austern. Ich mochte einfach ihren Geschmack nicht.

»Ich mache mir nichts aus Austern, Papa.«

Das warf ihn um. Mit hängendem Kopf und offenem Mund warf er sich auf die Schaukel und wischte sich die Stirn. Die Katzen wachten auf und gähnten mit spitzen rosa Zungen.

»Heilige Mutter des Himmels! Das ist also das Ende der Familie Fante.«

»Ich denke, es ist ein Junge, Papa.«

»Du denkst!« Er verfluchte mich, ein schneidendes Donnerwetter in deftigstem Italienisch. Er spuckte mir vor die Füße und machte sich über meinen Anzug und meine weichen Mokassins lustig. Er holte den Rest einer Toscanellizigarre aus der Hemdentasche und rammte ihn sich zwischen die Zähne. Er zündete ihn an und schleuderte das Streichholz weg.

»Du denkst! Wer hat dir gesagt, du sollst denken? Ich habe dir gesagt: Austern. Eier. Ich habe das schon hinter mir. Ich spreche aus Erfahrung. Was hast du gegessen? Süßigkeiten? Eis? Schriftsteller! Pah! Du stinkst wie die Pest.«

Das war ganz eindeutig mein Papa. Er war kein bißchen geschrumpft. Und der Feigenbaum war so groß wie immer.

»Geh zu deiner Mutter.« Sarkasmus schwang in seiner Stimme. »Geh und erzähl ihr, was für einen guten Sohn sie hat.«

Mama zu begrüßen war immer der schwierigste Teil am Nachhausekommen. Meine Mama war der Ohnmachtstyp, besonders, wenn wir länger als drei Monate weg waren. Waren es weniger als drei Monate, so war die Lage noch einigermaßen unter Kontrolle. Dann taumelte sie nur bedrohlich und schien umzufallen, gab uns aber Zeit, sie rechtzeitig vor dem Sturz aufzufangen. Eine Abwesenheit von einem Monat war überhaupt kein Problem. Dann weinte sie nur ein bißchen, bevor das übliche Sperrfeuer von Fragen einsetzte.

Aber hier handelte es sich um eine Abwesenheit von sechs Monaten, und die Erfahrung hatte mich gelehrt, nicht einfach hereinzuplatzen. Der Trick war, auf Zehenspitzen hereinzukommen, sie von hinten zu umarmen, leise guten Tag zu sagen und darauf zu warten, daß ihre Knie nachgaben. Andernfalls würde sie japsen, »O Gott sei Dank!«, und wie ein Stein zu Boden stürzen. Wenn sie erst mal auf der Erde lag, sackte jedes ihrer Gelenke durch wie zerlaufendes Quecksilber, und man konnte sie nicht mehr hochheben. Nach nutzlosem Tätscheln und Stöhnen des heimgekehrten Sohnes kam sie aus eigener Kraft auf die Beine und fing sofort an, große Mahlzeiten zu kochen. Mama liebte es, in Ohnmacht zu fallen. Sie tat es mit großer Kunstfertigkeit. Alles, was sie brauchte, war ein Stichwort.

Mama liebte es auch, zu sterben. Ein- oder zweimal im Jahr, und besonders während der

Weihnachtszeit, pflegten die Telegramme zu kommen, die ankündigten, daß Mama wieder im Sterben lag. Aber wir konnten nicht riskieren, daß es dieses eine Mal stimmte. Von überall her stürzten wir nach San Juan, um an ihrem Bett zu stehen. Dann starb sie zwei Stunden lang, in ihrer Kehle klapperte es wie Geschirr, von ihren Augen war nur das Weiße zu sehen, und sie rief uns beim Namen, während sie das Land der Schatten betrat. Plötzlich ging es ihr dann viel besser, sie kroch aus ihrem Totenbette und kochte eine riesige Portion Ravioli.

Sie stand am Herd, mit dem Rücken zu mir, als ich hereinkam und leise auf sie zuging. Auf halber Strecke fühlte sie meine Gegenwart und drehte sich langsam um, einen Kochlöffel in der Hand. Übelkeit schien sie zu überwältigen, eine Art Auflösung, der Aufzug sauste außer Kontrolle geraten abwärts, der verwirrte Augenblick vor dem Fall aus großer Höhe. Ihre Augen rollten, aus ihrem Gesicht wich das Blut, ihre Hände wurden kraftlos, und der Kochlöffel ging zu Boden.

»Johnny! O Gott sei Dank!«

Ich stürzte vorwärts, und sie fiel mir in die Arme, ihre Haare wie weiße Wolken auf meiner Schulter, ihre Hände an meinem Hals.

Aber sie verlor nicht das Bewußtsein. Sie schien einen Herzanfall zu haben. Das sagten mir ihre schnellen, röchelnden Atemzüge und das Zittern ihrer schmalen Gestalt. Vorsichtig führte ich sie zu einem Stuhl am Küchentisch. Sie lehnte sich zurück; ihr Mund stand offen und lächelte tapfer, ihr linker Arm hing hilflos herunter, und man konnte sehen, daß sie versuchte, den Arm zu heben, und ihre Kraft nicht reichte.

»Wasser ... Wasser bitte.«

Ich brachte ihr ein Glas und hielt es an ihre Lippen. Sie nippte matt, zu erschöpft, zu ausgelaugt, nur Sekunden vom anderen Ufer entfernt.

»Mein Arm... ganz taub... meine Brust... Schmerzen... mein Junge... das Baby... ich werde es nicht mehr erleben ...«

Sie fiel mit dem Gesicht auf die rotweiß karierte Tischdecke aus Wachstuch. Ich war einigermaßen sicher, daß ihr nichts fehlte, aber als ich vorsichtig ihren Kopf herumdrehte und das graue Rosa ihrer Wangen sah, spürte ich, daß ich mich diesmal geirrt hatte, und ich schrie nach Papa.

»Hol einen Arzt! Mach schnell!«

Das ließ ihre Kräfte zurückkehren. Langsam hob sie den Kopf.

»Mir geht's besser. Es war nur ein kleiner Anfall.«

Nun war es an mir, schwach zu werden, erleichtert und plötzlich völlig erschöpft. Ich warf mich auf einen Stuhl und versuchte meine Finger zu entwirren, während ich nach einer Zigarette tastete. Papa kam herein.

»Was is los?«

Meine Mama lächelte tapfer. Sie genoß es so sehr, mich aufgewühlt zu sehen. Jetzt konnte sie nicht mehr an meiner Liebe zweifeln. Sie war schon wieder bei Kräften.

»Es ist nichts. Überhaupt nichts.«

Sie war sehr glücklich. Sie schnurrte. Sie stand auf und kam um den Tisch zu meinem Stuhl und nahm meinen Kopf in die Arme und streichelte mein Haar.

»Er ist müde von der Reise. Gib ihm ein Glas Wein.«

Wir verstanden, Papa und ich. In seiner Kehle rumpelten ein paar kaum hörbare Flüche, während er den Eisschrank aufmachte und einen Krug herausholte. Er nahm ein Glas aus dem Schrank und füllte es. Mama sah lächelnd zu. Er warf ihr einen wütenden Blick zu.

»Hör auf damit.«

Die großen grünen Augen meiner Mama wurden riesig.

»Ich?«

»Hör auf damit, sag ich dir.«

Ich trank den Wein. Es war sehr guter Wein, gewachsen aus der warmen Erde dieser Felder und schön kühl. Mama war froh, mich in ihrer Küche zu haben. Ich konnte sehen, wie sich ihr Rücken straffte und ihre Schultern sich hoben. Sie nahm mir das Glas aus der Hand und wusch es aus. Dann betrachtete sie mich gründlich.

»So ein hübsches Hemd. Ich wasche und bügele es, bevor du wegfährst.«

Wir aßen die Paprikaschoten mit Ziegenkäse, gesalzenen Äpfeln, Brot und Wein. Mamas Zunge surrte unaufhörlich, eine gefangene Motte, die endlich freigelassen ist. Normalerweise hätte Papa gesagt, sie soll ruhig sein, aber der Sohn war zu Hause, und das war ein Grund, die Regeln zu lockern. Nach kurzer Zeit würde ihn ihr Gezwitscher plötzlich aufregen, und sie würde wieder zurückschlüpfen in ihren Kokon respektvollen Schweigens. Wir aßen, während Mama redete und in der Küche umherwanderte und den Raum mit Gedankenfetzen füllte. Ein elektrischer Ventilator schnurrte auf dem Kühlschrank und drehte sich nach rechts und links und dann wieder zurück. Er schien Mama durch das Zimmer zu folgen wie ein staunendes Gesicht.

Mama sagte:

Der Winter war kalt und naß. Stellas Kinder waren wunderschön. Im Kleiderschrank hatte sie Motten gesehen. Sie hatte von ihrer toten Schwester Katie geträumt. Der Preis für das Hühnerfutter war zu hoch. Mein Bruder Jim hat als Kind Erde gegessen. Manchmal schossen ihr Schmerzen durchs Bein. Bei Mondlicht Windeln zu waschen bedeutete Unglück. Wenn man etwas verloren hatte, mußte man zum heiligen Antonius beten. Die Katzen fingen Amseln. Schinken sollte man nicht im Kühlschrank aufheben. Sie hatte Angst vor Schlangen. Das Dach war undicht. Sie hatten einen neuen Briefträger. Ihre Mutter war an Blutvergiftung gestorben. Eis war schlecht für den Magen. Schwangere Frauen sollten keine Frösche oder Eidechsen anschauen. Liebe war wichtiger als Geld. Sie war einsam.

Ihre Hände lagen auf meinen Schultern.

»Wenn du nur einmal die Woche schreiben würdest ...«

Eine halbe Stunde lang hatte sie ununterbrochen geredet. Es war ein beruhigendes Gemurmel, das wir hörten, aber ignorierten.

Papa und ich aßen die Paprikaschoten auf. Er füllte mein Glas.

Dann sagte Mama: »Du hast dein Kind hier in diesem Haus gezeugt. Genau hier. Es war im letzten Jahr am achten August. In der Nacht.«

Das war der erste Satz von ihr, der hängenblieb. Ich hörte auf zu essen und sah sie an. Dann fiel es mir wieder ein. Joyce und ich waren wirklich in San Juan gewesen im letzten August. Wir hatten auf dem Sofa in Mamas guter Stube geschlafen. Ich erinnerte mich sehr gut an die Nacht. Es war ein knarrendes Sofa, und wir beschlossen, nichts zu versuchen. In jener Nacht wurde weder gezeugt noch empfangen. Mama irrte sich gründlich.

»Nein, sie irrt sich nicht«, sagte Papa.

»Woher weißt du das so genau?«

Mama lächelte. »Weil ich Salz in euer Bett gestreut habe.«

Papa grinste.

»Das stimmt. Salz ins Bett. Hab ich ihr gesagt.«

Das war sehr ärgerlich. Sie waren ganz schön eingebildet und rechneten sich alles als Verdienst an. Ich sagte, ich könnte mich nicht an Salz im Bett erinnern. Das amüsierte Mama.

»Natürlich nicht. Ich habe es unter das Bettlaken gestreut.«

Papa kicherte.

»Und jetzt wirst du Vater.«

»Salz«, sagte ich. »Was für ein Unsinn.«

»Kein Unsinn«, sagte Papa. »Was meinst du, wie du entstanden bist?«

»Auf die übliche Art.«

»Wieder falsch. Salz im Bett. Ich habe es selbst reingetan.«

Ich schob mein Glas über den Tisch, damit er mir nachgoß.

»Aberglauben. Ignoranz.«

Er weigerte sich, mein Glas vollzugießen.

»Nenn mich nicht Ignoranz. Ich bin dein Papa.«

»Ich habe nicht gesagt, daß du ignorant bist.«

»Ich will Respekt vor deinem Papa. Das ist mein Haus. Hier bin ich der Boß.«

Sein Gesicht war plötzlich rot vor Entrüstung. Mit zitternden Fingern goß er mein Glas voll und verschüttete ein paar Tropfen. Wein verschütten brachte Unglück. Das Unglück ließ sich abwenden, wenn man in die Tropfen das Zeichen des Kreuzes malte. Mama erledigte das.

»Dein Papa hat recht«, besänftigte sie. »Wir hatten an dem Abend keinen Knoblauch im Haus, deswegen hat Papa Salz genommen. Es war seine Idee.«

»Knoblauch?« Ich schaute in Mamas große grüne Augen. »Warum Knoblauch?«

»Fürs Schlüsselloch.«

»Soll das Babies machen?«

»Nicht einfach Babies – Jungen.«

Das verschlug mir die Sprache, und Papa schnaubte triumphierend.

»Jetzt guck bloß mal, wer seinen Papa Ignoranz nennt! Der weiß gar nix.«

Ich trank Wein und sagte nichts.

»Bei Tony und Jim war es genauso«, sagte Mama.

»Knoblauch im Schlüsselloch, als sie gezeugt wurden?«

»Beide Male«, sagte Papa.

»Und Stella?«

Aber ich kannte seine Antwort schon:

»Kein Knoblauch, kein Salz, kein gar nichts.«

Er wollte streiten, also hielt ich den Mund. Er goß mein Glas wieder voll.

»Ich bin nur bis zur dritten Klasse gekommen«, sinnierte er. »Aber du – du hast doch angeblich so 'ne gute Ausbildung, High School, zwei Jahre College, und du bist immer noch ein Kind. Du mußt noch viel lernen.«

Ich war nicht so unwissend, wie er glaubte. Ich hatte viel gelernt in dieser Familie, von

Kindesbeinen an, lauter unbezahlbares Wissen, überliefert von Generationen von Vorfahren in den Abruzzen. Aber vieles von dem Wissen war schwer anzuwenden. Zum Beispiel wußte ich seit Jahren, daß man den Umgang mit Hexen vermeiden konnte, indem man einen Schal mit Fransen trug, weil die angreifende Hexe die Fransen zählen mußte, dadurch abgelenkt wurde und einem nichts anhaben konnte. Außerdem wußte ich, daß Kuhpisse einfach unschlagbar war, wenn auf einem Glatzkopf wieder Haare wachsen sollen, aber bisher hatte ich keine Gelegenheit gehabt, dieses Wissen zu nutzen. Natürlich wußte ich, daß das Mittel gegen Masern ein roter Schal war und gegen Halsschmerzen ein roter Schal half. Wann immer ich als Kind Fieber hatte, band mir meine Großmutter ein Stück Zitrone an das Handgelenk; jedesmal drückte es das Fieber herunter. Außerdem wußte ich, daß das böse Auge Kopfschmerzen verursachte, und meine Großmutter schickte mich immer hinaus in den Regen, damit ich ein Messer in den Boden bohrte und so den Blitz von unserem Haus ablenkte. Ich wußte, daß, wenn man bei offenem Fenster schlief, alle Hexen der Gemeinde ins Haus kamen, und wenn man bei frischer Luft schlafen MUSSTE, reizte eine

Prise schwarzer Pfeffer auf der Fensterbank die Hexen zum Niesen, und sie verschwanden. Ich wußte außerdem, daß man, bevor man einen kranken Freund besuchte, auf seine Türschwelle spucken mußte, um sich nicht anzustecken. All diese Dinge, und noch viel mehr, wußte ich seit Jahren und hatte ich nicht vergessen. Aber man lebt und lernt dazu, und die Knoblauch-und-Salz-Behandlung des Ehebettes war eine andere Sache. Mein Papa hatte wahrscheinlich recht: Ich war doch nicht so schlau. Trotzdem hatte ich große Zweifel, ob Joyce's Schwangerschaft in der Nacht im letzten August auf Mamas Sofa angefangen hatte.

Das Essen war vorbei. Papa schob seinen Stuhl zurück.

»Hol deinen Hut.«

Ich trug nie einen Hut. Er meinte, daß ich ihm folgen sollte. Wir stiegen die Stufen herunter von der Veranda auf die Straße. Er stocherte im Briefkasten herum, zog einen trockenen Zigarrenstummel heraus und steckte ihn an. Der Rauch hing so bewegungslos in der ruhigen Luft, daß er ihn mit der Hand beiseite wischen mußte. Hitze füllte den riesigen Himmel, blau und weit und endlos. Im Osten erhob die Sierra Nevada stolze Köpfe, der Schnee vom letzten Winter lag noch auf ihnen.

Die Straße vor dem Haus war verlassen. Vor zehn Jahren war San Juan eine geschäftige Stadt mit Verpackungshallen gewesen und wichtig wegen seiner Weinernte. Die Staatsstraße führte damals direkt durch das Zentrum, aber der Krieg kam und die Straße wurde verlegt und führte jetzt an der Stadt vorbei, und die Stadt starb langsam. Die Straße verlief inzwischen jenseits der Pfirsich- und Hopfenfelder, und Touristen rasten vorbei und hatten keine Ahnung, daß hinter den Obstgärten eine Gemeinde von sechstausend lag.

»Wohin gehen wir?«

Ohne zu antworten, ging er die Straße hinauf. Wir kamen an drei kleinen Häusern vorbei, und dann kam nichts mehr, nur der aufgebrochene Asphalt, durch dessen Risse sich Wurzeln ihren Weg bahnten, und auf beiden Seiten der Straße Weinberge, die sich fächerförmig nach Norden und nach Süden ausbreiteten, Tausende von Hektar voll Muskat und Tokaier, ein Meer aus grüner Stille.

»Wohin gehen wir?«

Er ging ein wenig schneller, bis wir an eine Stelle kamen, wo die Straße eine Kurve machte und bergab führte. Das war das Land von Joe

Muto. Ich erkannte die weißen Spitzen seiner Zaunpfähle. Das war die Ecke von Joe Mutos Weinberg – unbearbeitet, überzogen mit wildem Gewucher von Krüppeleichen, Gestrüpp und den Überresten eines einmaligen Zitronenhains. Hier wuchs alles wild, drei oder vier Hektar Land, auf dem Joe aus diesem oder jenem Grund keinen Wein gepflanzt hatte. Papa stand vor dieser Masse grünen Durcheinanders und streichelte sie mit einer Bewegung seiner Zigarre.

»Hier ist es.«

Er durchpflügte das Unkraut, und ich folgte ihm. In der Mitte des Geländes, auf einem Hügel, der das ganze Gebiet überragte, blieb er stehen und breitete die Arme aus.

»Hier ist es. Das, wovon ich geträumt habe.«

Er bückte sich und zog ein Büschel wilden Klatschmohn aus der Erde. Die Blumen kamen mit Wurzeln und allem heraus, die schwarze klebrige Erde umarmte die Wurzeln. Er zerdrückte die Wurzeln in der Faust, und die warme feuchte Erde nahm die Form seiner Hand an.

»Hier wächst alles. Pflanz einen Besenstiel, und er wächst.«

Ich verstand den Sinn all dessen.

»Willst du, daß es dir gehört, Papa? Willst du das Land kaufen?«

»Nicht für mich«, grinste er und stampfte auf.

»Für das Baby. Hier wird er leben, der Junge. Genau hier.« Er stampfte noch einmal auf. »Davon träume ich. Du und Miss Joyce und der kleine Junge. Ich und Mama unten an der Straße. Viel Platz. Vier Hektar. Für dich. Für deine Kinder.«

»Aber Papa . . . «

»Kein Aber. Ich bin dein Papa. All dieser Mist, den du schreibst. Hast du Geld?«

»Ich hab ein paar Dollar, Papa.«

»Hast du zweitausend Dollar?«

»Ja.«

»Kauf es. Ich hab mit Joe Muto geredet. Er ist aus derselben Gegend wie ich. Er verkauft an niemand, nur an mich.«

Was konnte ich diesem Mann sagen – meinem Papa? Was konnte ich diesem von Arbeit zerstörten Gesicht sagen, das die Jahre hart gemacht hatten und das nun durch seinen Traum wieder weiche Züge bekam, diesem Mann, der mit seinen Füßen auf seinem Traum herumlief? Da waren der blaue Himmel und die alten Zitronenbäume, und das hohe Unkraut umschnurrte seine Füße wie eine alte Liebe, und sie waren schon da, seine Enkelkinder, sie atmeten diese Luft, sprangen durch das

Gras, und ihre Körper lebten von der Erde, die sein Traum war.

Was konnte ich diesem Mann sagen? Konnte ich ihm erzählen, daß ich in dieser chaotischen Perversion namens Los Angeles ein Haus gekauft hatte, direkt am Wilshire Boulevard, ein Stück Land von fünfzig auf hundertfünfzig und voller Termiten? Hätte ich ihm das erzählt, die Erde hätte mich verschluckt und der Himmel mich zerquetscht.

»Laß mich darüber nachdenken, Papa. Ich will sehen, was ich tun kann.«

»Jetzt zeige ich dir noch was.«

Ich folgte ihm zurück zur Straße und fragte mich, wie ich ihm die Neuigkeit beibringen sollte, denn er mußte von dem Haus in Los Angeles erfahren. Er hätte es schon vor langer Zeit erfahren müssen. Und doch war es kein absichtliches Verschweigen. Ich hatte einfach vergessen, es zu erwähnen, nicht mehr und nicht weniger.

Wir gingen zum Haus zurück, und ich konnte seine Freude spüren. Er zündete sich eine brandneue, frische Zigarre an und führte mich zum Zeichenbrett auf dem Faß unter dem Feigenbaum. Hier waren die Pläne für das Haus, das er auf dem Stück Land bauen wollte.

Es waren wunderbare Pläne. Es war ein Haus aus Stein. Die Steine lagen auf einem Feld in der Nähe, man brauchte sie nur einzusammeln. Es hatte drei Kamine, einen in der Küche, einen im Wohnzimmer und einen vor der Tür. Es war L-förmig und lang, ein einstöckiges Haus mit einem Ziegeldach.

»Hält tausend Jahre«, sagte er. »Die Wände sind dreißig Zentimeter dick und mit Stahlträgern.«

»Fein, Papa.«

»Ich baue es umsonst. Du hilfst mir. Ich habe meine Rente. Mehr brauche ich nicht.«

»Ja, gut.«

Ja und ja und ja. Bis er den letzten Stein und den letzten Balken erklärt hatte; bis er ganz glücklich an seiner Zigarre sog und Wein trank. Dann trieb die Kühle des Nachmittags herüber von den grünen Seen der Weinberge, und er war ganz satt von soviel Reden. Er rollte die Zeichnungen zusammen, drückte seine Zigarre aus, legte den Stummel in die Gabelung des Feigenbaums und streckte sich auf dem Gartenstuhl aus. Tiefer und wunderbarer Friede stand auf seinem Gesicht. Kein glücklicherer Mann lebte auf dieser Welt. Er schloß die Augen und schlief ein. Wäre er in diesem Augenblick gestorben, er wäre geradewegs ins Paradies gekommen.

Eins mußte man Mama zugestehen: Nichts, was man tut, brachte sie aus der Fassung. Wenn ich in die Küche gegangen wäre und ihr erzählt hatte, daß ich gerade Papa die Kehle durchgeschnitten habe – sie hätte geantwortet: ›So was Dummes – wo ist er?‹

Ich fand sie am Tisch, sie pulte Erbsen. Es ist so einfach, mit der eigenen Mutter zu reden. Selbst die Dinge, die sie nicht versteht, versteht sie irgendwie. Ich saß neben ihr und schilderte die ganze Geschichte mit dem Haus in Los Angeles. Keine Anklagen; sie seufzte nicht und schnalzte auch nicht mit der Zunge und gab mir auch keine guten Ratschläge, was ich hätte tun sollen. Sie pulte Erbsen und hörte ruhig zu, während ich ihr erzählte, warum ich nach San Juan gekommen war und wie groß jetzt meine Angst davor war, Papa zu sagen, daß ich schon ein Haus besaß.

»Ich werde es ihm erzählen. Mach dir keine Sorgen deswegen.«

Aber ich wollte nicht in der Nähe sein, wenn sie es ihm sagte. »Ich mache einen Spaziergang in die Stadt.«

»Mach dir keine Sorgen.«

Ich stand auf und wollte gehen. Sie hielt mich fest. Etwas machte ihr Sorgen.

»Du und Joyce. Schlaft ihr wie Amerikaner?« Sie meinte, ob wir getrennt schliefen.

»Jetzt, wo sie schwanger ist, schlafen wir wie Amerikaner.«

»Eine Schande. Das Baby wird dich nicht kennen.«

»Wir machen uns bekannt, wenn er geboren ist.«

»Schlaft wie Italiener. Du weißt nichts von Babies. Es ist einsam da unten im Bauch. Er ist ganz allein. Er braucht seinen Vater.«

Ich wollte dieses Thema nicht mit meiner Mutter besprechen. »Ich bin um sieben zurück. Sowie Papa aufwacht, erzählst du ihm alles.«

Bis zur Innenstadt waren es fünf Blocks. Ich wanderte vertraute, von Ulmen überschattete Straßen hinunter und über leere Grundstücke, die ich durchquert hatte, als ich vierzehn war. Das war das Jahr, in dem wir nach San Juan gekommen waren, Flüchtlinge vor dem Schnee und den harten Zeiten in Colorado. Ich traf so viele Leute, die ich von früher kannte, und alle wußten von dem Baby. Mein Vater war in den vergangenen Wochen überall gewesen und hatte die Neuigkeit verbreitet. Von Veranden herunter riefen sie ihre guten Wünsche und fragten nach Joyce, denn sie stammte aus San Juan. Ihre Eltern waren auf dem städtischen

Friedhof begraben. Leute hielten mich auf der Straße an, drückten mir die Hand, erzählten schlüpfrige Witze und gingen lachend weiter. Vaterschaft war eine sehr beeindruckende Angelegenheit in San Juan. Ich hatte ein seltenes Gefühl von Wichtigkeit. In Los Angeles machte man sich auch Gedanken, nicht um Frau und Kind, sondern darum, ob ich die Krankenhausrechnung bezahlen konnte. Unsere Freunde hatten eher schockiert als erfreut reagiert, als sie erfuhren, daß Joyce schwanger war.

Zwei Stunden lang bummelte ich herum. Ich trank Bier im Tuscany Club und spielte eine Runde Billard mit Reed Walker im Sylvan Oaks. Reed war Briefträger, und während der High School Joyce's Freund gewesen. Jeder Mensch, den ich an diesem Nachmittag traf, hatte vom Kind gehört, sogar Lou Sing unten in den verblaßten Backsteinhäusern von San Juans Chinesenviertel. Wir saßen vor Lous Kräuterladen und spielten Schach, seine vielen Kinder schrien und spielten auf der Straße. Um sieben Uhr war es immer noch hell. Am Kino von San Juan ging die Leuchtreklame an.

Plötzlich war ich erfüllt vom Gedanken an Joyce, hatte Sehnsucht nach ihr. Die Stadt war schuld daran, das Wissen, daß sie als kleines Mädchen auf diesen Straßen gespielt hatte, und ich war überwältigt von plötzlichem, verwirrendem Verlangen. Ich ging zu einer Telefonzelle und rief sie an. Ich erzählte ihr, daß meine Mission ein Fehlschlag war, daß ich so schnell wie möglich nach Hause kommen würde. Sie fragte nach der Stadt, wollte wissen, wie es dort aussah.

»Erinnerst du dich an den Pfefferbaum in Mutters Garten hinter dem Haus?« fragte sie. »Steht der noch? Ist er gefällt worden?« Ich sagte, ich würde hingehen und es herausfinden.

»Meine erste Puppe ist unter dem Baum begraben. Sie starb an Messerstichen – skalpiert von den Indianern.«

»Ein schrecklicher Tod.«

»Ihr Kopf war ganz eingedrückt. Das war der Hund. Ich habe lange geweint.«

Ich legte auf und ging die Lincoln Street hinunter zu dem Ort, wo Joyce als Kind gelebt hatte. Das Haus war schon vor Jahren abgerissen worden, und die Stadt benutzte das Gelände jetzt als Parkplatz für Bulldozer, Walzen und Werkzeuge für den Straßenbau. Der Pfefferbaum war noch da. Ich stellte mich darunter und berührte den Stamm. Ich hatte große Sehnsucht nach meiner Frau. Ameisen krabbelten in der Baumrinde. Ich packte zwei kleine rote Ameisen und steckte sie in den Mund, kaute und schluckte sie hinunter. Dann ging ich zurück zu Mamas Haus.

Papa war nicht da. In der Küche war der Tisch gedeckt – Teller für uns drei. Mama saß am Fenster und betete einen Rosenkranz. Dämmerung erfüllte den Raum. Sie lächelte stumm und bedeutete, daß sie mit Papa gesprochen hatte. Ich wartete, daß sie mit den Gebeten fertig würde. Das Essen stand auf dem Ofen zum Warmhalten: Leber und Schinken, Erbsen in Zwiebeln gekocht, Spinat und Käse. Ich probierte von allem, trank ein Glas Wein und wartete. Sie sprach das letzte Gebet, küßte das Kreuz und schob den Rosenkranz in die Schürzentasche.

»Was hat er gesagt?«

»Nichts. Kein Wort. Er ist einfach weggegangen.«

»Wo steckt er?«

Sie rollte die Augen und schüttelte den Kopf. Papa war in der Stadt und trank, um seinen Kummer zu vergessen.

»Ich kann es ihm nicht übelnehmen, Mama.«

»Er hat zehn Dollar mitgenommen.«

»Was heißt das?«

»Er wird Brandy trinken. Er wird alles ausgeben.«

»Gut. Er hat es verdient.«

»Oh, ich mache mir keine Sorgen. Ich habe einen Rosenkranz gebetet. Ihm passiert nichts. Aber er wird zehn Dollar ausgeben.«

Ich holte meine Brieftasche heraus und gab ihr fünf nagelneue Zwanzigdollarscheine.

»Das kann ich nicht nehmen«, sagte sie. »Du brauchst es für das Baby.« Sie faltete das Geld zusammen und schob es in ihre Bluse. »Ich sollte das wirklich nicht annehmen. Ich weiß nicht, was in mich gefahren ist.« Ich wußte natürlich, was mit den hundert Dollar passieren würde. Sowie ich die Stadt verlassen hatte, würde sie das Geld per Luftpost an meinen Bruder Jim schicken, der es in Susanville gerade sehr schwer hatte.

Sie servierte mir das Essen. Sie hatte mich ganz für sich allein, und ich bereitete mich darauf vor, wußte, was kam. Bald genug fing sie an, mir Avancen zu machen, diese mütterlichen Avancen, die einen hilflos machen. Sie stand hinter mir und berührte mein Haar. Sie streichelte meine Ohren. Sie ließ ihre Arme über meine Schultern gleiten, und ihre Handflächen rieben meine Brust. Immer wieder griff ich nach irgend etwas, entwand mich jedem neuen Griff. Schließlich nahm sie meine linke Hand und fing an, meine Finger zu untersuchen. Ich versuchte sie wegzuziehen, sanft, aber Mama ließ meine Hand nicht los, küßte jeden Finger. Ich hatte großes Mitleid mit ihr, mit allen Frauen und der großen verschwenderischen Leidenschaft der Mütter. Dann fand sie eine kleine Narbe an meinem Hals, wo mich als Kind eine Katze gekratzt hatte, und das förderte eine neue Facette ihrer Einsamkeit zutage. Sie stürzte zu dem Schrankkoffer im Schlafzimmer, und ich wußte, nun kam es, ein Bild von mir mit sechs Monaten, glubschäugig und nackt auf einer Samtdecke. Ich sprang auf.

»Mama, bitte. Um Gottes Willen, nicht das.«

Sie brachte das Bild weg und fing an, den Tisch abzuräumen. Ich trank Wein, sah auf die Uhr am Herd und las den ›Sacramento Bee‹. Mama trug ein Sieb voller Reste zum Hühnerstall. Ziemlich schnell war sie mit drei Eiern wieder zurück. Eines davon suchte sie aus und brachte es mir an den Tisch.

»Fühl mal. Es ist noch warm, von der Mutter.«

Ich wollte es nicht anfassen. Egal, ob warm oder kalt. Ich wollte nichts damit zu tun haben.

»Fühl nur, wie schön und warm es ist.«

Ich tat es nicht. Ich starrte das Ei nur an. Das Ei starrte zurück, wie ein weißes, ovales Auge, melancholisch und dumm.

»Die sind gut für dich. Du mußt viele Eier essen.«

»Nimm es weg. Tu es woanders hin.«

Zeit verging. Ich schaute auf die Uhr und lauschte auf Schritte im Hof. Es war gut, meine Leute mal wieder zu sehen, aber jetzt wollte ich weg. Obwohl ich für den nächsten Tag Plätze im Flugzeug reserviert hatte und ein Ticket für Papa, überlegte ich, noch am selben Abend zu fahren. Ich hatte Papa Kummer gebracht. Am besten wäre es, jetzt zu verschwinden, und Zeit und Entfernung würden ihn trösten.

Mama hatte am Nachmittag meine Tasche ausgepackt. Nun begann sie eine gründliche Prüfung des Inhalts. Sie wollte von allem den Preis wissen. Ich hatte ein zweites Paar Hosen mitgebracht. Die nahm sie aus dem Schrank und breitete sie auf dem Tisch aus. Sie untersuchte die Umschläge, den Schritt, den Reißverschluß. Vorn war ein Fleck. Mit einem Aufschrei entdeckte sie ihn.

»Was um alles in der Welt kann das sein?«

»Mach dir keine Gedanken darum, Mama. Leg sie einfach weg.«

Sie legte die Hose auf dem Tisch zurecht und machte sich umständlich an die Arbeit. Sie holte einen kleinen Lappen und Wasser und Seife und fing an, die Stelle zu schrubben.

»Ich möchte wissen, was das ist.«

»Bitte, Mama. Laß das.«

»Er geht nicht raus.«

Sie hörte nicht auf zu reiben. Ich sprang auf und nahm ihr die Hose weg.

»Ich gebe sie in die Reinigung.«

»Das kostet Geld.«

»Mir egal.«

»Kümmert sich Joyce nicht um deine Sachen?«

»Natürlich.«

»In die Reinigung geben, das sind amerikanische Manieren.«

Ich ging auf die Veranda vor dem Haus und saß im Mondlicht. Die Sterne schwebten tief und kühl. Fünfzig Kilometer weit weg leuchteten im Osten die Schneefelder der Sierra wie Sterne, weit weg und einsam. Ein Passagierflugzeug brummte durch die Luft, grüne und rote Lichter blinkten. Ich hatte Heimweh nach meiner Frau und machte mir Sorgen um meinen Vater. Es war zehn Uhr. Um Mitternacht ging von Sacramento aus ein Flugzeug nach Süden. Ich fällte eine Entscheidung: Ich würde Papa suchen, ihn nach Hause bringen und dieses Flugzeug nehmen.

Dann kam dieses Auto mit schwachen Scheinwerfern die Straße heruntergerattert. Es war Joe Mutos alter Ford. Joe saß am Steuer. Vor dem Haus hielt er an. Ich ging zum Zaun hinunter, und wir begrüßten uns.

»Suchst du deinen Vater?« fragte er.

»Hast du ihn gesehen?«

»Auf meinem Land. Gerade eben. Ich glaube, er hat zu viel getrunken.«

Ich kletterte in den Lastwagen, und er wendete. Wir holperten die schlecht gepflasterte Straße hinunter, die ich am Nachmittag mit meinem Vater gegangen war.

»Da drin hab ich ihn gehört«, sagte Joe. »Geht ihm ziemlich schlecht.«

Wir fuhren den kleinen Hügel hinunter, wo die Straße eine Linkskurve machte, und kamen zu der Ecke, wo das Land nicht bearbeitet wurde. Joe hielt an, und ich sprang aus dem Auto. Alles lag hell im Mondlicht. Ochsenfrösche und Grillen füllten die Luft mit ihrem Brunftgeschrei. Dann sah ich meinen Vater. Er saß unter einem der alten Zitronenbäume und hatte eine Flasche in der Hand. Falls er mich sah, zeigte er es nicht. Joe Muto blieb im Auto, und ich arbeitete mich durch das flüsternde Gestrüpp.

Mein Vater führte Selbstgespräche.

»Mach dir um deinen Großvater keine Sorgen. Der ist nicht so alt, wie die glauben. Du kriegst dein Haus, mein Kleiner. Noch ist dein Großvater nicht tot. Alle wollen einen alten Mann umbringen, aber dein Großvater hält durch.«

Ich biß vor Schmerz die Zähne zusammen.

»Papa.«

Er sah mich vor sich stehen und warf die Flasche ins Gebüsch. Dann lehnte er sein Gesicht an den Baumstamm und weinte voll Bitterkeit. Ich konnte nicht auf ihn zugehen. Joe rief aus dem Auto, fragte, ob alles in Ordnung sei. Ich watete durch das Unkraut zurück zur Straße.

»Ihm fehlt nichts. Ich bringe ihn schon heim.«

»Hast du Krach gehabt mit deinem alten Herrn?«

»Fahr nur. Kein Krach. Danke.«

Er fuhr weg. Ich setzte mich an den Straßenrand und wartete. Ich zündete mir eine Zigarette an und war hilflos. Nach etwa zwanzig

Minuten kam mein Vater durch das Gestrüpp gestapft. Er wußte, daß ich da war. Er war nicht überrascht, mich zu sehen.

»Laß uns heimgehen«, sagte er.

Er war nüchtern und seufzte tief, atmete schwer, als seine Füße die Straße spürten. Wir gingen schweigend nebeneinander her. Die Nacht war warm und weich. Im Norden leuchtete die riesige goldene Kuppel der Hauptstadt. Sie ragte aus dem roten Dunst der Stadt.

»Wie geht's dir, Papa?«

»Mir? Ich bin dran gewöhnt. Eines Tages bist du alt und hast Söhne – in fünfunddreißig oder vierzig Jahren. Du wirst dich erinnern an das, was dein Papa heute gesagt hat: Sie tun dir immer wieder weh.«

»Das tut mir leid.«

Eine Zeitlang sagte er kein Wort. Wir gingen auf das Haus zu. Das Licht brannte und erleuchtete die Veranda. Wir konnten Mama erkennen, die, einen Schal um die Schultern geschlungen, nach uns Ausschau hielt.

»Was machen diese Termiten in deinem Haus?« fragte er.

»Du weißt doch – Termiten.«

»Hast du das Haus nicht untersuchen lassen, bevor du es gekauft hast?«

Ich erzählte ihm die Geschichte. »Kannst du

kommen, Papa? Du könntest uns helfen. Ich habe ein Ticket für dich fürs Flugzeug gekauft.«

»Kein Flugzeug. Kommt nicht in Frage.«

»Kommst du mit, Papa? Wir fahren mit dem Zug.«

»Zug, ja. Flugzeug, nein.«

»Gut, Papa. Wunderbar.«

Er kam also, um mein Haus zu reparieren. Ich wollte, daß auch Mama mitkam, aber sie verkündete, sie müßte zu Hause bleiben und sich um die Katzen und Hühner kümmern. Darüber war sie sehr froh, denn Züge erfüllten sie mit Todesangst. Nur einmal in ihrem Leben war sie auf Schienen gefahren. Das war während der Flitterwochen im Sommer 1912, eine Reise von fünfunddreißig Meilen von Denver nach Colorado Springs. Unsere Familie ist nicht mit dem Zug nach Kalifornien gekommen. Wir haben auf Papas Lastwagen geladen, so viel wir konnten, und sind den Highway 40 hinuntergebummelt bis nach San Juan.

Mein Vater jedoch war ein erfahrener Eisenbahnreisender. Seine erste Erfahrung mit Zügen stammte aus dem Jahr 1910, als er auf der Schiene von New York nach Colorado gekommen war und den ganzen Kontinent in einem Eisenbahnwaggon durchquert hatte. Zwei Jahre später bestieg er allein eine Schmalspurbahn von Denver nach Boulder, eine Entfernung von dreißig Meilen. Danach machte er mit Mama die Flitterwochenspritztour nach Colorado Springs. Vor dem Hintergrund dieser Geschichte legte er, was Züge betraf, tapfere Furchtlosigkeit an den Tag. Häufig – zwei- oder dreimal im Jahr – schwang er sich in den Nahverkehrszug nach Sacramento und fuhr in die Hauptstadt und zurück. Züge konnten diesen Mann nicht schrecken.

Der Zug nach Los Angeles – der Westküstenzug – verließ Sacramento jeden Abend um sechs. Beim Frühstück beschlossen wir, den nächsten Zug zu nehmen. Ich borgte mir das Auto meines Schwagers und fuhr nach Sacramento, um alles zu organisieren. Ich gab die Flugkarten zurück und besorgte für denselben Abend Plätze im Zug. Der Zug war fast vollkommen ausgebucht, aber ich schaffte es, Plätze im Salonwagen zu bekommen. Ich wollte, daß es der alte Mann bequem hatte, und reservierte für ihn die untere Koje.

Eine Stunde vor Abfahrt des Zuges war ich wieder in San Juan. Stella war da mit ihren Kindern und Steve, ihrem Mann. Papa war angezogen und reisefertig. Er trug eine merkwürdige Zusammenstellung: blaue Latzhosen mit einer großen Brusttasche, ein schwarzes Hemd mit weißem Schlips und eine doppelreihig geknöpfte braune Jacke. Ich erkannte die Jacke als Teil eines Anzuges, den ich ihm im Jahr zuvor gegeben hatte. Tatsächlich hatte er eine gute Ausstattung von Anzügen und Mänteln seiner Söhne, denn wir hatten alle die gleiche Größe. Ganz bestimmt besaß er vier oder fünf Anzüge, von denen jeder für eine Reise gut gewesen wäre.

»Weshalb die Latzhose?« fragte ich ihn.

Er beäugte sich.

»Was ist daran falsch?«

»Hast du keine Hosen zu dieser Jacke?«

»Mag ich nicht.«

Er saß am Küchentisch, sein Gesicht war rasiert und sauber, sein Haar ordentlich gescheitelt. Sein Stiernacken in dem schwarzen Hemdkragen wirkte eingeschnürt durch die enge weiße Krawatte. Und trotzdem machte er den würdevollen Eindruck eines Mannes, der sich auf eine weite Reise begibt.

Stella sagte: »Er ist ein Dickkopf. Er will nicht sauber und ordentlich aussehen.«

»Ich bin sauber. Alles, was ich anhabe, ist sauber und frisch gewaschen.«

»Aber Latzhosen! Im Zug.«

»Ich bin schon Zug gefahren, als du noch gar nicht auf der Welt warst. Also erzähl deinem Papa nichts über Züge.«

»Es ist doch Unsinn, wie ein alter Maurer herumzulaufen.«

»Was ist verkehrt am Maurersein?«

»Wie wär's mit dem grauen Anzug?« schlug ich vor. »Der ist vielleicht kühler im Zug.«

Mit rotem, wütendem Gesicht stand er auf.

»Du willst, daß ich mitkomme? Daß ich dir mit dem Haus helfe?«

Das wollte ich allerdings.

»Dann sag mir nicht, was ich anziehen soll. Du bist nicht so schlau und vergiß das nicht. Kauft sich ein Haus mit Termiten!«

Damit war die Sache erledigt. Ich wollte ihn nicht verlieren.

Sein Gepäck war neben der Tür gestapelt, zwei mit Farbe bekleckerte Koffer aus Kunstleder mit Wäscheleinen verschnürt und eine Werkzeugtasche aus Segeltuch mit seinem Maurerwerkzeug. Mama hielt sich aus dem Gespräch heraus. Sie war eifrig damit beschäftigt, Sachen in einen Karton zu packen, der früher Milchtüten enthalten hatte. Ich ging zu ihr, um zu sehen, was sie tat. Sie verpackte das Zeug für mich, ich sollte es mit nach Los Angeles nehmen. In dem Karton waren vier Gläser mit eingemachten Tomaten und vier Gläser Feigenmarmelade. Außerdem ein Stück Ziegenkäse und ein frischgebackener Schokoladenkuchen.

»In Los Angeles gibt es keine guten Kuchen«, sagte sie.

Ich konnte mir nicht vorstellen, woher sie diese Information hatte, sagte aber nichts. Dann zeigte sie mir einen kleinen Strauß Basilikum, in ihrem Kräutergarten frisch geschnitten und mit einer roten Schleife zusammengebunden, an der zwei Medaillons mit der heiligen Muttergottes hingen.

»Damit das Baby gesund geboren wird. Du mußt das jede Nacht an das Fußende von deinem Bett hängen.«

Ich sagte, ich würde es tun.

Papa kam mit einer Rolle Wäscheleine und fing an, den Karton zu verschnüren. Mama zog mich zu einem kleinen vertraulichen Gespräch ans Waschbecken. Sie öffnete eine Schublade, die voller Gewürze war, und nahm eine Knoblauchzehe heraus. Mit dem Fingernagel schälte sie sie weiß und nackt. Dann gab sie ihr einen Kuß und schob sie in die Brusttasche meines Sakkos.

»Du mußt immer eine in der Tasche haben, Tag und Nacht. Mach keinen Schritt ohne.«

»Ich weiß. Damit es ein Junge wird.«

Sie lächelte geduldig und zuckte mit den Schultern.

»Ich – mir ist das egal. Junge oder Mädchen – er ist mein Enkelkind. Ich liebe ihn so oder so. Aber dein Papa will einen Jungen. Der Knoblauch ist – damit er sich freut.«

Der beißende Geruch des Knoblauchs stieg mir in die Nase, und ich wußte, ich müßte die Zehe so bald wie möglich wegschmeißen, sonst würde ihr Geruch meine Kleider durchtränken. Jetzt war es Zeit zu gehen. Steve und Papa trugen das Gepäck zum Auto. Aus einer der Reisetaschen hörte ich deutlich das Gluckern von Weinflaschen. Mama sah nicht, wie ich die Knoblauchzehe aus der Tasche holte und in die Weinreben warf. Sie ging mit mir zum Auto. Wegen der Kinder kamen sie und Stella nicht mit zum Bahnhof.

Papa küßte die beiden kleinen Mädchen und dann Mama, und er weinte ein bißchen und sagte, sie solle nicht vergessen, den Katzen bei dem heißen Wetter etwas Petersilie ins Futter zu mischen. Mama war tapfer und kämpfte gegen den Zusammenbruch, während wir uns umarmten und zum Abschied küßten, Steve wendete den Wagen, drückte auf die Hupe, während wir winkten, und dann brach Mama zusammen. Sie sank zierlich und elegant vor dem Zaun auf die Straße, während das Auto davonrollte. Stella stand neben ihr, ziemlich gelassen winkte sie uns nach, und Mama sah zutiefst leblos aus, ihr Kopf war gesenkt, ihre Hand kämpfte tapfer und winkte, und schließlich sank sie in den Staub. Wir hätten anhalten sollen, um sie ›wiederzubeleben‹, aber die Zeit war knapp, und Papa hatte es eilig, zum Zug zu kommen.

»Ihr fehlt nichts. Laß uns fahren.«

Wir fuhren um die Ecke, und die Reifen summten gleichmäßig über die glatte Straße in Richtung Sacramento. Ich seufzte erleichtert und suchte nach einer Zigarette. Meine Hand stieß in meiner Tasche an etwas Warmes und Klebriges. Ich zog eine Knoblauchzehe heraus. Sie lag in meiner Hand, nackt und weiß und wild. Ich hätte sie weggeworfen, aber auch Papa schaute sie an.

»Gut«, sagte er. »Endlich wirst du vernünftig. Ich habe meine auch mit.«

Er zog ein Portemonnaie mit vielen Fächern aus der Tasche. In einer lag eine Knoblauchzehe. Mein Schwager sah sie ebenfalls.

»Das funktioniert nicht«, sagte Steve. »Wir haben es auch probiert, Stella und ich. Zwei Mal.«

Drittes Kapitel

Es war meine erste Zugfahrt mit Papa, und sie wurde ein Alptraum. Von dem Augenblick an, als wir uns von Steve verabschiedet und den Bahnhof betreten hatten, gab es Probleme. Wir hatten fünf Gepäckstücke: Papas Werkzeugtasche, seine beiden abgeschabten Koffer, den verschnürten Karton mit Eingemachtem und meine Reisetasche. Die Werkzeugtasche allein wog fünfzig Pfund, schließlich waren Meißel, Hämmer und andere große Brocken Stahl darin, die zu dem Beruf gehörten. Drei Rotmützen sahen, wie wir unter diesen Bergen taumelten und stürzten mit hilfsbereiten Händen auf uns zu. Ich zeigte unsere Fahrkarten, und einer von ihnen fing an, Gepäckscheine auszuschreiben. Papa war verblüfft.

»Was ist los? Was macht der?«

»Er bringt unsere Sachen zu unserem Abteil.«

»Du mußt dafür bezahlen? Wieviel?«

Fünfzig Cents schienen annehmbar.

»Bist du verrückt? Das mache ich selbst. Umsonst.«

»Hör mal, Papa. Das macht man so. Unser Abteil ist Meilen entfernt.«

Er wollte nichts davon hören. Er befahl der Rotmütze, uns in Ruhe zu lassen. »In dem schwarzen da habe ich zwei Krüge mit Wein. Nachher macht der die kaputt.«

»Ich werde sehr vorsichtig sein, mein Herr«, sagte die rote Mütze.

»Nichts zu machen.«

»Bitte, Papa. Laß ihn wenigstens die Werkzeugtasche schleppen.«

»Da drin habe ich eine Kelle, die ist vierzig Jahre alt. Die Werkzeuge haben mich zweihundert Dollar gekostet.«

»Wie Sie wünschen«, lächelte die Rotmütze.

Ich bedankte mich bei ihm. »Wir werden's schon schaffen«, sagte ich. »Da.«

Ich warf ihm einen Vierteldollar zu. Er fing auf, grinste und trat den Rückzug an. Papa blinzelte ungläubig.

»Du gibst dem Geld? Wieso?«

»Er muß auch essen.«

Papa rannte hinter der Rotmütze her, schrie ihm nach, er solle zurückkommen, komm her, du. Verblüfft und lächelnd kam die rote Mütze zurück. Papa deutete auf das Gepäck.

»Nimm alles, nur den nicht.« Er schüttelte einen der verschnürten Koffer, hörte das glucksende Lachen des Weins in den Flaschen und schien zufrieden. Die rote Mütze schrieb Scheine aus für die anderen Gepäckstücke und lud sie auf den Wagen. Papa überwachte die Operation.

»Verlier das Werkzeug nicht. Ich hab da drin 'ne Wasserwaage, die hat mich zwanzig Dollar gekostet.«

»Ich bin ganz vorsichtig.«

Papa blieb skeptisch. »Mit diesen Kerlen habe ich Ärger gehabt, als ich von New York gekommen bin.«

Wir gingen die Unterführung hinunter und ließen uns vom Strom der Reisenden den Zügen entgegentragen. Es war ein gemütlicher Weg, bis zur Abfahrt unseres Westküstenzuges hatten wir noch zehn Minuten. Plötzlich kamen sechs Seeleute in höchster Geschwindigkeit die Unterführung heruntergestampft, um noch den Nahverkehrszug nach San Francisco zu erreichen. Ihre Aufregung wirkte ansteckend, und viele, die bisher gegangen waren, fingen an zu rennen. Einer von ihnen war Papa. Kofferschwenkend trappelte er die

Überholspur entlang und schrie mir zu, ich solle mich beeilen, nun mach schon. Ich ging schneller, aber ihm war ich nicht schnell genug. In der Ferne sah ich, wie er unseren Zug erreichte und zur ersten offenen Tür einsteigen wollte. Ein Bremser hielt ihn zurück. Sie waren in ein heftiges Wortgefecht verwickelt, als ich dazukam. Der Bremser wollte unbedingt die Nummer unseres Abteils wissen, und Papa bestand ebenso heftig darauf, daß ihn das nichts anginge. Unser Abteil hatte die Nummer einundzwanzig und war fast am Ende des Zuges. Den ganzen langen Weg über hörte Papa nicht auf, über die Dummheit von Bremsern zu brummeln und davon, wie sehr sich alles seit seiner Fahrt von New York hierher verändert hätte, zum Schlechten.

»Einundzwanzig. Einundachtzig. Was ist der Unterschied? Es ist alles derselbe Zug, und der fährt nach Los Angeles.«

Ich versuchte zu erklären, aber er schnitt mir das Wort ab.

»Junge, ich bin mit Zügen gefahren, da warst du noch gar nicht auf der Welt. Da kannte ich noch nicht mal deine Mutter. Willst du mir was über Züge beibringen?«

Wir stiegen in Wagen einundzwanzig. Die Rotmütze kam gleichzeitig an, und der

Schweiß lief ihm über sein braunes Gesicht, während er mit der Werkzeugtasche kämpfte. Papa setzte sich und steckte sich eine Zigarre an. Sofort kam der Schaffner von Wagen einundzwanzig und sagte ihm, daß Rauchen nur im Männerwaschraum und dem Vorraum erlaubt war. Mit einem Knurren trat Papa seine Zigarre aus.

»Was ist das überhaupt für ein Zug?«

»Der Männerwaschraum ist am Ende des Abteils«, sagte der Schaffner. Er war Ende sechzig, hatte weiße Haare und viele Fältchen um die Augen. Inzwischen war die rote Mütze mit dem restlichen Gepäck gekommen. Der Mann wischte sich den Schweiß vom Gesicht, und seine Zunge hing heraus.

»Du brauchst was zu trinken«, sagte Papa.

»Da sage ich nie nein«, lachte der.

Schnell entkordelte Papa den schwarzen Koffer und klappte ihn auf. Darin waren zwei in Handtücher gewickelte Karaffen mit Claret und ein Sack, der so vollgestopft war, daß er sich beulte. Ich schaute hinein. Darin waren zwei runde Laibe selbstgebackenes Brot und ein Ziegenkäse, so groß wie ein Fußball. Am Boden des Sackes lagen eine dreißig Zentimeter lange Salami und viele Äpfel und Orangen.

»Wofür ist das denn?«

»Man muß schließlich essen«, antwortete Papa knapp.

Die Rotmütze brüllte vor Lachen.

»Das ist wahr. Man muß schließlich essen im Zug.«

Das gefiel Papa. Rotmütze war eigentlich doch kein übler Kerl. Er grinste, und sein Gesicht lief puterrot an, als er versuchte, den Deckel von der Flasche abzuschrauben. »Irgendwo habe ich dich schon mal gesehen«, sagte er. »Hast du mal Backsteine geschleppt in der Nähe von Denver, Colorado, 1922/23?«

Rotmütze war entzückt.

»Nee, ich nicht, mein Herr. Koffer schleppen ist alles, was ich kann.«

Papa hatte den Verschluß endlich aufgedreht. Als er Rotmütze die Karaffe reichte, glitt das Handtuch herunter, und plötzlich war sie in voller Größe zu sehen, dunkelrot und schrecklich wie eine Bombe. Rotmütze war verblüfft.

»Vielleicht gehen wir lieber zu den Rauchern.«

Die Flasche wie ein Baby in den Armen haltend folgte Papa ihm an das Ende des Abteils, und sie verschwanden im Männerwaschraum. Wagen einundzwanzig füllte sich schnell. Die Leute auf dem Gang runzelten die Stirn über den aufgeklappten Koffer, den verschnürten Karton und die mörtelverschmierte Werkzeugtasche. Keine Frage, all dieses Zeug raubte dem Wagen einundzwanzig viel Glanz, und es gab gute Gründe für die Mißbilligung der anderen. Hinten im Männerwaschraum hörte ich Rotmütze schallend lachen. Ich klappte den Koffer zu und beschloß, auch dorthin zu gehen.

Rotmütze stellte Papa unserem Schaffner vor.

»Die Herren werden sich oft sehen. Mr. Randolph, darf ich Ihnen meinen guten Freund vorstellen, Mr. Fante?«

Papa schüttelte ihm die Hand.

»Randolph?« sagte er. »Randolph? Hast du jemals Steine geschleppt, Mr. Randolph? Oben in Boulder, Colorado? 1916, 1917?«

»1916? Nein. Ich hatte aber einen Cousin. Und der hat Steine geschleppt. Unten in Montgomery, Alabama. Schon lange her.«

»Das ist der Kumpel, den ich meine«, sagte Papa. »Ich hab's doch gewußt.«

Die Rotmütze brüllte wieder vor Lachen. Mr. Randolph stützte die Flasche mit seinem erhobenen Ellbogen ab, nahm große, erfahrene Schlucke daraus, wischte sich den Mund ab und reichte sie Papa, der liebevoll daran nuckelte. Dann gab Papa sie weiter an die rote Mütze.

»Mr. Randolph«, setzte Papa an. »Das Problem mit den Weißen in diesem Land ist ...«

Aber er kam nicht weiter, denn ich hatte plötzlich genug von seinen Schrullen. Es war ja nichts dabei, mit seinem Kumpel einen zu heben, aber alles zu seiner Zeit, und der Anblick, den dieser alte Mann in Latzhosen bot, wie er da mit seiner riesigen Weinflasche unternehmungslustig im Abteil auf- und abwanderte und die Angestellten feierte, ging mir zu weit. Außerdem war es wirklich unnötig, daß er Latzhosen trug.

Ich bugsierte ihn zurück in unser Abteil, während der Zug Sacramento verließ. Papa war beschämt und wortkarg. Er packte eine Flasche wieder in den Koffer, aber die andere hielt er unter seinem Sitz in Bereitschaft. Inzwischen war allen im Abteil, lauter gutgekleidete Männer und Frauen, diese rote Flasche aufgefallen, die gluckernd zum Vorschein kam, wann immer Papa einen Schluck nahm.

»Kinder – bah«, grummelte er.

»Hassen ihren eigenen Vater ...«

»Schämen sich für ihr eigen Fleisch und Blut ...«

»Lieber sterben. Wollen dich unter die Erde bringen. Dich vergessen ...«

»Mein Leben lang hart gearbeitet. Mein eigen Fleisch und Blut verrät mich ...«

»Kann verschwinden. Hab meine Pflicht getan ...«

»Wenn du alt bist, wollen sie dich los sein ...«

Seine Stimme trug. Er redete laut genug, daß sie die meisten Ohren erreichte. Um mich herum spürte ich die Abneigung der anderen, die Köpfe, die sich umdrehten, die Augen, die mich schockiert anstarrten, das Mitleid mit meinem alten Herren. Mr. Randolph machte die Sache nicht besser. Mit rührender Besorgtheit brachte er Papa ein Kissen, lächelte zärtlich und fragte, ob es ihm gut ginge.

»Machen Sie es sich bequem, Mr. Fante. Genießen Sie die Reise. Wenn Sie irgendwas wollen, klingeln Sie einfach. Sie haben Freunde hier im Zug. Viele Freunde.«

Papa hatte Tränen in den Augen.

»Ich komme schon zurecht, Mr. Randolph. Ich will niemand Umstände machen. So viele nette Leute im Zug. Vornehme Damen und Herren. Ich tue, was ich kann.«

Ich kaute Fingernägel und hielt den Mund. Ein Kellner kam durch das Abteil und läutete zum Abendessen. Das erhellte den Augenblick. Ich klopfte Papa auf die Schulter.

»Komm, Papa. Laß uns gut essen gehen.«

»Ich brauche nichts, Sohn. Geh du nur. Ich will dir nicht noch mehr Ärger machen. Ich habe mein Essen hier bei mir. Du sollst kein Geld für mich ausgeben, Junge.«

Eines wußte ich genau: Ich wollte weder Salami noch Ziegenkäse, Brot oder Wein zum Abendessen. Bisher hatte ich an ein paar trockene Martinis, ein Steak und guten Salat gedacht. Jetzt wollte ich nur eine Tasse schwarzen Kaffee und die Chance, für eine Weile zu verschwinden. Zwölf Paar kalte Augen schauten mir zu, wie ich mich den Gang hinunter zum Speisewagen tastete, der vier Abteile entfernt war.

Die Entfernung wirkte Wunder. Mein Appetit war wieder da. Ich genoß zwei Drinks und ein kleines Steak. Als der Zug aus Stockton rollte, ging es mir wieder gut, und ich blieb noch auf eine zweite Tasse Kaffee. Es war dunkel geworden. Eines nach dem anderen flogen die kleinen Dörfer im Tal von San Joaquin vorbei, jedes funkelte wie ein Juwel in der Großstadtbeleuchtung. Der Oberkellner brachte meine Rechnung. Ich griff in die Tasche und zog außer Münzen auch ein weißes, glattes Etwas hervor. Es war noch eine Knoblauchzehe. Sie war von wilder Schärfe, klar und beißend. Ich ließ sie in ein Glas Wasser fallen.

Als ich aufstand und gehen wollte, kam der

Kontrolleur durch das Abteil und wollte die Fahrkarten sehen. Er prüfte meine.

»Oh«, sagte er. »Sie sind der Sohn von dem alten Mann.«

»Er wollte nichts essen«, platzte ich heraus. »Ich meine, er hat sich sein Essen mitgenommen.«

Der Kontrolleur war schmallippig und unverbindlich. Er riß den Kontrollabschnitt ab und gab mir die Karte zurück. Seine Augen waren kalt wie Austern.

»Du sollst deinen Vater und deine Mutter ehren«, sagte er.

»Ich mag keinen Ziegenkäse.«

Seine Lippen kräuselten sich. Er haßte mich.

In Wagen einundzwanzig war Papa damit beschäftigt, allen das Herz zu brechen. Ich fand ihn bei einer einfachen Mahlzeit aus Brot, Käse und Salami, und er spülte sie hinunter mit gelegentlichen Schlucken Wein. Er aß mit gezierter Eleganz, ein Gentleman bei Tisch. Sein Taschenmesser lag aufgeklappt auf seinem Schoß, und sein Essen war auf dem gegenüberliegenden Sitz ausgebreitet. Mr. Randolph hatte eine Serviette hergeschafft und stand leicht schwankend im Gang und lauschte mit freundlichem Blick, während

Papa redete. Er sprach von den harten, bitteren Tagen seiner Jugend in den Abruzzen, wie er mit Zehn arbeiten gegangen war, in die Lehre zu einem grausamen Steinmetz, der ihn um seinen Lohn von drei Cents pro Tag betrog, wie seine Mutter immer kam und ihm half, große Steine die Leiter hinauf auf das Gerüst zu schleppen, auf der Baustelle im Schloß des Fürsten der Abruzzen. Es war eine tragische Geschichte, und eine wahre Geschichte, denn ich hatte sie schon viele Male gehört, war praktisch mit ihr groß geworden, der Geschichte vom Elend der Bauern, die einem das Blut zu Tränen verwandelt, und alle im Wagen einundzwanzig waren zutiefst bewegt von den Worten dieses einfachen alten Mannes, der zufrieden war mit etwas Brot und Käse und Salami, während sein Sohn sich zügellos mit Köstlichkeiten reicher Leute vollstopfte.

Ich setzte mich neben ihn, zog die Schultern hoch und wünschte mir einen Hut, hinter dem ich mein Gesicht verstecken könnte. Papas demütige Stimme, jetzt voller Dankbarkeit, wandte sich nun an die Ohren von Mr. Randolph und allen anderen.

»Aber der Herrgott ist gut zu mir gewesen. Ich bin ein Amerikaner. Seit fünfundzwanzig Jahren. Ich habe vier gute Kinder. Ich habe sie großgezogen und in euer wunderbares Land ziehen lassen. Dieses Land ist wunderbar, dieses Amerika. So gut zu uns allen. Gott segne die Vereinigten Staaten von Amerika.«

Ein großer Mann im Tweedanzug, der auf der anderen Seite des Ganges saß, beugte sich vor und bot Papa eine Zigarre an. Es war eine teure Zigarre, die in einen Behälter verpackt war, damit sie feucht blieb. Mit der Würde des einfachen Mannes und einer leichten Verbeugung nahm Papa sie an.

»Danke, mein Herr. Die hebe ich auf für die Geburt meines Enkelsohnes. Die ist zu gut zum jetzt Rauchen.«

Es war sehr rührend. Der Mann im Tweed schaute seine dicke blonde Frau an, deren Busen wogte und deren Gesicht ein Heiligenschein der Zärtlichkeit umgab. Sie flüsterte etwas, und der Mann im Tweed zog eine zweite Zigarre hervor. Papa protestierte, das ist zuviel, wirklich zuviel, aber er ließ sie sich von ihnen aufzwingen. Mr. Randolph drängte ihn, er solle in den Vorraum zum Männerwaschraum gehen und das Geschenk genießen, und Papa war einverstanden. Sorgfältig packte er das Brot ein, wickelte die Salami in ein Tischtuch und steckte den Ziegenkäse in den Sack. Kein Krümel wurde verschwendet. Er schloß den Koffer und stand auf. Er war voll, aber es bedurfte des geübten Sohnesauges, um das zu erkennen. Mr. Randolph half ihm den Gang hinunter. Köpfe drehten sich und schauten ihm nach. Er zog eine Schleppe der Liebe hinter sich her.

Ich lehnte mich gegen das Fenster und starrte geradeaus. Ich war sehr einsam und freundlos. Papas Abwesenheit hatte eine deutlich spürbare Lücke hinterlassen. Der Zug donnerte weiter. Der Mann im Tweed und seine Frau standen auf, um zum Essen zu gehen. Ich war nicht wert, daß er mich anschaute, aber seine Frau sah mit bebenden Nasenflügeln auf mich herunter. Mr. Randolph kam zurück.

»Der alte Herr möchte seinen schwarzen Koffer.«

Ich gab Mr. Randolph zwei knoblauchdurchtränkte Dollarnoten.

»Sorgen Sie dafür, daß er bekommt, was er will.«

»Machen Sie sich darum keine Gedanken.«

Er roch den Knoblauch und sah mich mißtrauisch an. Ein paar Minuten später war er wieder im Abteil und fing an, die Betten vorzubereiten. Ich ging zu Papa. Er saß mit roten Augen am Fenster und redete mit sich selbst. Der Raum war voll teurem Zigarrenrauch.

»Die Betten werden gerade gemacht, Papa. Leg dich lieber hin.«

»Geh du nur, Sohn. Genieß dein Leben. Lach und spiel, kümmer dich nicht um deinen Vater.«

»Ich finde, du solltest dich hinlegen.«

»Nein, ich nicht. Kein Bett im Zug für Nick Fante. Ich bleibe hier.«

Und das tat er auch. Ich ging zurück in den Clubwagen und trank einen Brandy. Als ich in das Abteil einundzwanzig zurückkam, hatte Mr. Randolph alle Betten bezogen. Der Waschraum war voll, Passagiere wuschen sich das Gesicht, putzten sich die Zähne, bereiteten sich aufs Schlafengehen vor. Jeder nannte meinen Vater »Papa« und wünschte ihm eine gute Nacht. Keiner hatte ein Wort für mich. Ich biß die Zähne zusammen und ließ mir nichts anmerken, rauchte Zigaretten und sehnte den nächsten Morgen herbei und das Ende dieser schwarzen Reise.

Um elf Uhr waren alle Passagiere im Bett, außer Papa und mir. Er schlief schnarchend am Fenster. Ich rüttelte ihn wach.

»Komm ins Bett.«

»Nein.«

»Du kannst hier nicht schlafen. Ich habe ein schönes Bett für dich.«

»Nein.«

Mr. Randolph kam herein.

»Armer alter Mann. Er ist so müde.«

»Er will sich nicht hinlegen.«

»Schwer in Ordnung, der alte Freund.«

»Helfen Sie mir, ihn ins Bett zu bringen.«

Wir versuchten, ihn hochzuheben, aber er trat so wild um sich und hatte schwere Arbeitsschuhe an. Es war sinnlos. Ich bat und argumentierte.

»Nein.«

Das setzte mich matt. Ich ging in unser Abteil und legte mich in das untere Bett. Wenn Papa sich nicht hineinlegen wollte, sah ich keinen Grund, warum ich in das obere Bett klettern sollte. Ich konnte nicht schlafen. Die Koje war heiß und stickig. Dreimal stand ich auf, zog mir die Hosen an und ging in den kleinen Rauchsalon vor dem Waschraum. Papa lag ausgestreckt auf dem Sitz. Jedesmal, wenn ich ihn rüttelte, knurrte er und fing an, zu treten. Ich ging zurück zu meiner Koje. Dort war es zum Ersticken heiß. Ich klingelte Mr. Randolph. Er schlief auf einer Pritsche in der Nähe des Waschraums. Er hatte wenig Geduld mit mir.

»Es ist zu heiß hier drin«, sagte ich. »Klappen Sie das obere Bett weg; ich brauche ein bißchen frische Luft.«

Er tat, was ich wollte. Nun hatte ich mehr Platz, und es ging mir viel besser, als ich mich hinlegte. Kurze Zeit später war ich eingeschlafen.

Es war Morgen, als ich aufwachte. Der Zug verließ gerade Castaic in den Bergen, und wir waren nur noch etwa eine Stunde von Los Angeles entfernt. Ich zog mich in köstlicher Bewegungsfreiheit an, denn ich konnte aufrecht stehen, weil die obere Koje geschlossen war. Dann trat ich auf den Gang. Alle anderen Passagiere waren wach und angezogen. Alle Betten waren gemacht, nur meines nicht. Mr. Randolph war fleißig mit einem kurzen Besen beschäftigt. Alle Augen richteten sich auf mich. Wenn die Leute mich in der Nacht zuvor nicht gemocht hatten, so waren sie jetzt bereit, mich zu lynchen. Ihre Feindseligkeit war wie ein glühendheißer Wind, unverkennbar und furchterregend. Dann wurde mir klar, was sie aufbrachte. Das obere Bett war weggeklappt; es war in der Nacht nicht benutzt worden. Nur in dem unteren hatte jemand geschlafen, und dieser Jemand war ich. Papa, das wußten sie, war im Vorzimmer des Waschraums. Die Folgerung war schrecklich offensichtlich: Während ich in luxuriöser Gemütlichkeit geschlafen und den Platz eingenommen hatte, der für zwei Leute gedacht war, hatte mein armer alter Vater die Nacht im Männerwaschraum verbringen müssen. Mit zugesammengebissenen Zähnen stolperte ich den Gang hinunter, zehn Meilen durch feindliches Indianergebiet, zum Vorraum des Männerwaschraums.

Und da saß Papa. Er hatte den schwarzen Koffer aufgeklappt auf dem Schoß und verzehrte ein einfaches Frühstück aus Ziegenkäse und Äpfeln. Der Mann im Tweed stand neben ihm.

»Gut geschlafen, Papa?«

Papas Lächeln ließ wissen, daß er nicht besonders gut geschlafen hatte, aber den Umständen entsprechend auch nicht schlecht. Ich hätte ihm am liebsten das Herz herausgerissen, und der Mann im Tweed hätte am liebsten mit meinem dasselbe getan.

Erst als wir Los Angeles erreicht hatten und seine treuen Zugkameraden loswaren, nachdem er allen die Hand geschüttelt und ein herzliches Lebewohl gesagt hatte, erst dann bekam ich meine Chance, mich zu rächen. Unser Gepäck war zum Taxistand vor dem Bahnhof von Los Angeles transportiert worden. In grimmigem Schweigen gingen wir durch die Fußgängerunterführung und den Bahnhof zum Taxistand. Ich gab einer Rotmütze unsere Gepäckscheine, und er zog unsere Koffer von einem Handkarren herunter. Papa hatte sein Portemonnaie parat und wollte ihm ein Trinkgeld geben. Ein magerer Vierteldollar war gezückt zwischen Daumen und Zeigefinger.

»Nehmen Sie sein Geld nicht«, sagte ich der roten Mütze.

Dem war das nur allzu recht, er hatte das Geldstück gesehen. Plötzlich wußte ich, wie ich mich rächen konnte. Ich zog die Brieftasche heraus und zählte nacheinander fünf Dollarnoten in die Hand der grinsenden Rotmütze. Papa schaute ungläubig zu, seine Zunge hing heraus.

»Was is'n los?«

Die rote Mütze strahlte. »Danke schön!«

Ich winkte ein Taxi heran. Papa schaute sich verblüfft um. Für fünf Dollar erwartete er etwas ganz besonderes, aber die Rotmütze ging geldzählend davon. Ein Taxi hielt. Der Fahrer türmte unser Gepäck auf den Beifahrersitz. Papa stand immer noch da und wartete auf irgendeine Überraschung. Die Rotmütze verschwand im Gewühl.

»Was is passiert? Wo geht der hin?«

»Laß uns gehen, Papa.«

»Du mußt noch auf Wechselgeld warten.«

»Ich hab ihm alles gegeben.«

»Spinnst du?«

Bevor ich ihn daran hindern konnte, rannte er hinter dem Träger her, drängelte die anderen aus dem Weg, kämpfte sich durch die Menge und schrie: »He, Sie, stehenbleiben! Komm zurück.«

Aber die Rotmütze war weg, verschluckt von der Menge der Leute, die von und zu ihren Zügen hasteten. Papa war verstört und den Tränen nahe; sein Blick irrte hin und her.

»Er ist weg. Er hat dein Geld weggenommen.«

»Ich wollte, daß er alles behält.«

Er schoß herum, die Hände mahnend erhoben und das Gesicht puterrot vor Wut. »Du weißt nicht, was du tust. Geld liegt nicht auf der Straße. Du brauchst es, jeden Penny, um Milch zu kaufen und Schuhe und Brot. Für deine Frau, für das Kind.«

Ja, er hatte recht, mein Papa. Meine Rache war die eines Dummkopfes gewesen. Zu schnell hatte ich die mageren Jahre der Vergangenheit vergessen, die mageren Jahre, die bestimmt wiederkamen. Wir gingen zum Taxi. Ich stieg ein. Papa zögerte in der Tür.

»Wieviel kostet das?«

»Nicht viel, Papa. Ein paar Cent.«

Er stieg ein, und ich erklärte ihm, daß der Taxameter den Fahrpreis anzeigte. Ich gab dem Fahrer unsere Adresse, und er schaltete den Zähler ein. Das Taxi verließ den Hauptbahnhof. Auf dem Zähler stand der Mindestpreis.

»Es kostet nur zwanzig Cent«, Papa lächelte. Er lehnte sich zurück und war zufrieden. Wir fuhren die Aliso hinauf zur Los-Angeles-High-Schnellstraße, der ersten Ampel. Ein scharfes »Klick«, und der Zähler sprang auf dreißig Cent.

»Was is das?«

»Keine Aufregung, Papa. Wir fahren ungefähr acht Meilen. Das wird nicht teuer.«

Er beugte sich vor. Die Straßen, das Menschengewühl der Stadt, alles uninteressant. Der Zähler hatte all seine Aufmerksamkeit. Wir kamen zur Main Street. Ich deutete auf das riesige Rathaus. Der Zähler klickte.

»Vierzig Cent«, sagte er.

Wir bogen in die Spring Street ein; in der Nähe lagen das Plaza und die Rotlichtviertel von Los Angeles. Es war nicht lange her, daß ich einsam und ohne einen Penny durch diese Straßen gegangen war. Ich hatte in der Sunshine Mission geschlafen und aus den großen, sandgefüllten Standaschenbechern vor den Aufzügen Zigarettenkippen geklaubt. Es hatte

Tage gegeben, an denen ich ohne Socken herumlief. Einmal hatte ich eine Stelle als Küchenhilfe bei Simon's auf der Hill Street, wuchtete die Abfalleimer vor die Tür und polierte das Messinggeländer. Diese Zeiten hatten seit langem ihren Reiz verloren. Ich war froh, den billigen Hotels auf der Temple Street entkommen zu sein, dem Kaffee für zwei Cent und der Rasur auf öffentlichen Toiletten mit kaltem Wasser und alten Rasierklingen. Auf diesen Straßen hatte es Tage gegeben, wo ein einziger Dollar in meiner Tasche Zeit bedeutete, Zeit zum Ausruhen vom fieberhaften Kampf ums Überleben, Zeit, um vierundzwanzig Stunden locker lassen zu können. Wir fuhren am Pershing Place vorbei. Der Zähler zählte. Papa wischte sich das Gesicht mit einem großen blauen Taschentuch.

»Schon siebzig Cent. Komm, wir steigen aus.«

Auf der anderen Seite des Platzes lag ein Kino, das vierundzwanzig Stunden täglich geöffnet war. Für einen Zehner hatte ich dort oft bis fünf Uhr früh geschlafen. Dann wurden wir rausgeworfen, und ich nahm immer den Notausgang, aber die Ahnungslosen stolperten verschlafen zum Haupteingang hinaus und wurden draußen von Polizisten gegriffen und ins Gefängnis auf Lincoln Heights gekarrt wegen Landstreicherei. Einmal war mir das passiert, und es konnte wieder geschehen, wenn ich nicht hart arbeitete, wenn ich nicht Papas Rat beherzigte und mein Geld sparte. Das Taxi fuhr die Siebte Straße hinunter, ab und an klickte der Zähler, und Papa wurde immer panischer, während der Preis stieg.

Ziemlich bald ging es mir genauso, und ich fing an, voller Angst und Faszination auf den Zähler zu starren. Als wir auf den Wilshire Boulevard einbogen, waren es beinahe zwei Dollar, und Papa und ich machten harte Zeiten durch. Ich hatte über hundert Dollar in meiner Brieftasche, aber ich dachte an die alten Zeiten, an die schreckliche Notwendigkeit zu sparen, jetzt, wo das Baby kam, an den unwiederbringlichen Verlust vergeudeter Pennies. Als der Zähler zwei Dollar erreicht hatte, stöhnte Papa vor Schmerzen und senkte den Kopf.

»Wie weit ist es noch?«

»Ein oder zwei Meilen.«

Es war weiter. Ich war die Strecke schon mal mit dem Taxi gefahren, und es machte ungefähr fünf Dollar, und das schien jetzt ungeheuerlich, zu teuer für jemand wie mich. Wir fuhren ein paar Querstraßen weiter, und plötzlich konnte ich es nicht mehr ertragen. Ich hämmerte gegen die Glasscheibe, die uns vom Fahrer trennte.

»Halten Sie an. Gleich hier.«

Sofort fuhr er an den Straßenrand.

»Sie sind noch nicht da, Mann.«

»Wir fahren nicht weiter.«

»Ganz wie Sie wollen.«

Er riß den Beleg aus dem Taxameter. Es machte 3 Dollar 20. Ich bezahlte auf den Penny genau, nicht mehr und nicht weniger. Der Fahrer stapelte unser Gepäck auf dem Bürgersteig und fuhr davon. Mochte er ruhig höhnisch grinsen! Ein gesparter Penny war ein verdienter Penny. Heutzutage war es modern, über die einfache Weisheit eines Carnegie oder Rockefeller zu spotten. Ich begriff, daß diese großen Männer recht hatten.

»Laß uns gehen, Papa. Es ist nicht weit. Nur zwei Meilen.«

Er spuckte in die Hände.

»So is recht, mein Junge.«

Ehre wem Ehre gebürt. Ohne Papa wäre ich wohl verloren gewesen, in eine schmutzige und heiße Gosse gefallen und hätte meine Joyce nie wieder gesehen. Ohne ihn hätte die Safari bestimmt in vollkommener Demoralisierung geendet; Mamas schwere Einmachgläser mit Tomaten und Feigenmarmelade und ein nicht angeschnittener Schokoladenkuchen wären am Wegesrand zurückgelassen worden.

Er war so stark wie zehn Männer, als wir vorwärtstaumelten. Irrsinnige Hitze verknotete meinen Verstand, die erstickenden Abgase brannten auf meinen ausgetrockneten Lippen. Er trug die Werkzeugtasche in der einen Hand, einen Koffer in der anderen und einen dritten Koffer unter dem Arm. Zwanzig Schritte hinter ihm kämpfte ich mit dem schrecklichen Gewicht des verschnürten Kartons und meiner eigenen Tasche. Unerschütterlich ertrug er die Mühsal dieses verzweifelten Trecks und rief dem jüngeren Mann Worte der Ermutigung zu, der aufgeben wollte vor jedem Drugstore, das den Duft von eiskalter Coca Cola und Schokoladenmilch aussandte. Aber ein gesparter Penny ist ein verdienter Penny. Ich mußte bis zum bitteren Ende durchhalten. Ich war ein gottverdammter Idiot, und ich wußte es.

Endlich erreichten wir das Haus. Papa war frisch wie ein Bulle. Ich warf mich auf den Rasen. Joyce stand am Fenster, sah uns kommen und kam herausgestürzt. Ein Blick auf sie, die üppige Rundung um ihre Mitte, und Papa ließ sein Gepäck fallen und fing an zu weinen. Er breitete die Arme aus.

»Ah, Miss Joyce! Das Baby. Er ist wunderbar.«

»Papa Fante!«

Sie stürzte ihm mit ausgebreiteten Armen entgegen, umschlang seinen Hals, und die Kugel drückte sanft gegen seine Taille, so daß er diskret zurückwich, aber sie hielt ihn fest, und er war verlegen und voller Ehrfurcht vor diesem wunderbaren Ballon.

»Wir sind so froh, daß du da bist«, lächelte sie. »Wir brauchen dich sehr.«

Er lachte und tätschelte ihr unbeholfen die Schulter, voller Bewunderung für sie und ihre ausladende Gestalt, die auch einen Teil von ihm barg. Man konnte sehen, wie er davor erzitterte, närrisch vor Freude: diese Verlängerung seiner selbst, die Projektion seines Lebens weit über die Begrenzung seiner Jahre auf dieser Welt hinaus. Ich saß im Gras und beobachtete ihn und wußte plötzlich, daß sogar die Geburt seiner eigenen Kinder nicht so aufregend und romantisch gewesen waren wie das Warten auf dieses Kind. Joyce schaute mich mit überraschtem Blick über seine Schulter an. Ich saß einfach da, war froh, wieder zu Hause zu sein, und zu müde zum Sprechen.

»John, was ist passiert?«

»Wir sind zu Fuß gegangen.«

Ich stand auf und wir küßten uns.

»Warum habt ihr kein Taxi genommen?«

»Das haben wir außerdem getan.«

Ich wollte diese Sache nicht weiter diskutieren. Ich wollte ein Bad, saubere Sachen und die Chance, mein Leben weiterzuleben, diese schwarze Reise zu vergessen. Papa trat mit seiner schweren Schuhspitze auf den Rasen ein.

»Teufelsgras. Lauter Teufelsgras. Nicht gut, dieses Land.«

Sein Blick folgte den zwei Reihen hoher Palmen, die auf beiden Seiten der breiten Straße entlangmarschierten. Ihre geschmeidigen Stämme ragten hoch in den Himmel, und ihre Palmwedel hingen wie fedrige Staubwedel an langen Griffen.

»Nicht gut, die Bäume. Kein Schatten, keine Frucht, kein gar nichts.«

Wir sammelten das Gepäck ein, schleppten es ins Haus und stapelten es in der Diele vor der Treppe. Links von der Diele und eine Stufe tiefer lag das Wohnzimmer mit großen gläsernen Flügeltüren und kühlen grünen Wänden, ein großer angenehmer Raum mit beigem Teppich und sorgfältig ausgesuchten hellen Eichenmöbeln. Als ich dort stand, fühlte ich wieder, daß es ein gutes Haus war, trotz des Lochs im Küchenfußboden. Ja, ein schönes Haus, ein glückliches Haus, und ich war stolz, der Besitzer zu sein, und legte meinen Arm um Joyce.

»Hier ist es, Papa. Mein Haus.«

Er drehte seinen Kopf hierhin und dahin, während er einer frischen Zigarre die Spitze abbiß, an seinem Oberschenkel ein Streichholz anriß und sie anzündete.

»Boden ist schief.«

»Eichenboden, Papa. Sehr guter Boden.«

»Is schief.«

Wir betrachteten den Fußboden. Er schien makellos.

»Tasche«, sagte er.

Die Werkzeugtasche lag bei dem übrigen Gepäck.

»Werkzeugtasche«, sagte er wieder.

»Die liegt dort drüben.«

»Tasche«, wiederholte er.

Es dauerte einen Augenblick, bis mir klar wurde, was er meinte: Ich sollte seine Werkzeugtasche aufmachen. Während mir das dämmerte, wußte ich bereits, daß der Mann das Regiment übernommen hatte, daß unser Verhältnis plötzlich anders und er der Chef bei diesem Job war. Ich kannte das von vor langer Zeit, als ich mit meinen Brüdern unter seinem Dach gewohnt und ihm auf Baustellen geholfen hatte. Es war der schlimmste Teil an der Arbeit für diesen Mann, und wir mochten es nie, meine Brüder und ich. Damals sagte er

»Bleistift«, und das hieß: Gib mir den Bleistift. Oder er sagte: »Kantholz, neunzig Zentimeter.« Es war Teil des Geheimnisses der Arbeit mit ihm, weil er nie erklärte, warum er ein Werkzeug wollte. Er erklärte nie irgend etwas, und immer wieder rannten wir rasend vor Enttäuschung und Wut von der Baustelle, weil er uns wie Sklaven behandelte. Und da war es wieder: Nach sechzehn Jahren stand dieseer Mann in meinem Haus und sagte »Werkzeugtasche«.

Ich löste die Verschlüsse und klappte die Tasche auf . . .

»Einerrohr. Dreißiger.«

Ich wühlte am Boden der Tasche herum und fand mehrere Rohrstücke. Er ging auf und ab und studierte den Fußboden. Ich gab ihm, was er wollte. Aber er warf nur einen Blick darauf und nahm es nicht.

»Falsches Rohr.«

»Das ist das, was du haben wolltest.«

»Einerrohr. Dreißig.«

Ich grub in der Tasche herum und fand ein anderes. Es schien richtig zu sein. Ich hob es hoch.

»Falsches Rohr.«

Ich warf es wieder hinein, kramte alle kurzen Rohrstücke hervor und hielt sie nacheinander hoch. Schnell nahm er das, was er wollte.

»Wasserwaage.«

Ich gab ihm die Wasserwaage.

Er legte sie auf den Fußboden, ging auf die Knie und studierte die Luftblase an der Meßskala.

»Zollstock.«

Ich gab ihn ihm, und er maß von der Tür bis zur ersten Treppenstufe.

»Dreisechzig.«

Er legte das Rohr an der Tür auf den Boden und hielt es mit dem Fuß fest. »Fußboden sackt fünf Zentimeter. Das Rohr rollt bis zur Treppe. Das ganze Haus hängt in der Mitte durch.«

Er nahm den Fuß vom Rohr, und es fing an, sich zu bewegen, erst langsam, gewann aber schnell an Geschwindigkeit, während es vorwärtsratterte; jawohl, und als es gegen die Treppe schlug, wußte ich, mein Papa war der falsche Mann für diesen Job. Ich wußte, daß er das Haus haßte, daß er es nicht leiden konnte, daß er ihm gegenüber keine Gnade kennen würde. Wir schauten zu, wie das Rohr vorwärts und rückwärts rollte und schließlich zur Ruhe kam. Joyce war starr vor Staunen.

»Um Himmelswillen.«

Papa hob das Rohr auf und gab es mir.

»Werkzeugtasche.«

Ich warf das Rohr in die Tasche.

»Zumachen.«

Ich machte sie zu.

»Riemen.«

Ich schnallte die beiden Riemen zu.

»Termiten«, sagte er.

Joyce führte ihn in die Küche. Ich ging in Richtung Treppe.

»Wohin gehst du?« fragte er.

»Bad«.

Ich stieg in den ersten Stock und nahm mein Bad. Eine Stunde lag ich in dem tröstenden warmen Wasser und döste, schlief aber nicht. Für mich war Baden weniger eine Reinigung des Körpers als eine Erfrischung des Geistes. Mein Kopf wurde wie ein Sommerhimmel, wohlige Gedanken durchquerten ihn wie weiße Wolken: die Segelboote am Strand von Newport, die unglaubliche Schönheit von Valli, das endlose Grün im Golfclub von Fox Hills, die Gedichte von Willa Cather. All diese köstlichen Dinge, diese reizenden, wunderbaren, sanften Gedanken schenkte mir mein Bad.

Aber jetzt war etwas Merkwürdiges dazugekommen, ein neues und verwirrendes Bild: ein Teich, stehendes Wasser, moosig und kühl. Hohe Bäume warfen Schatten auf den Teich, und dicht unter der Wasseroberfläche schwammen Gestalten, steckten ihre Köpfe heraus und verschwanden wieder, und jedesmal, wenn sie untergingen, schwamm etwas Weißes und Schreckliches hinter ihnen her. Nach und nach erkannte ich die Gestalten. Es waren Papa und Joe Muto und Mr. Randolph und der Mann im Tweedanzug. Die weißen, dünnen Dinge, die sie hinter sich herzogen, waren Nabelschnüre. Die Wesen waren so furchtbar, daß ich aus der Badewanne sprang und mich schnell anzog.

VIERTES KAPITEL

Joyce saß, umgeben von Büchern, im Wohnzimmer und las. Ich konnte Papa im Hof hinter dem Haus sehen. Er saß unter einem großen Sonnenschirm, neben ihm auf dem Metalltischchen stand ein Krug Wein; er hatte eine Zigarre im Mund, streckte die Beine aus und betrachtete in aller Ruhe das Haus.

»Was hat er zu dem Loch in der Küche gesagt?«

»Er will es sich überlegen«, sagte Joyce.

»Da gibt es nichts zu überlegen. Nur das Loch zu reparieren.«

Sie klappte ihr Buch zu. »Laß ihn drüber nachdenken. Er steckt voller Ideen.«

»Egal, was er denkt, das Loch muß repariert werden. Es war ein Fehler, ihn herzuholen. Er ist alt und festgefahren. Ich sehe Ärger kommen.«

»Sowas über seinen eigenen Vater zu denken ist aber nicht nett.«

»Ich kann's nicht ändern. Er ist exzentrisch geworden.«

»Daran hättest du denken sollen, bevor du ihn gefragt hast. Das vierte Gebot, weißt du.«

»Das vierte Gebot?«

»Du sollst deinen Vater und deine Mutter ehren.«

Ich warf ihr einen schnellen Blick zu. Sie war der Inbegriff unglaublicher Gemütsruhe, ihr großer Bauch ruhte stolz auf ihrem Schoß wie eine zweite Person. Man hatte das Gefühl, mit zwei Menschen gleichzeitig zu reden. Hinter ihrer Lesebrille waren ihre grauen Augen klar und schön. Um sie herum lagen zwölf Bücher verstreut; ein paar auf dem kleinen Tisch, andere stapelten sich neben ihr auf dem Sofa. Sie las Chesterton und Belloc und Thomas Merton und François Mauriac. Da lagen Bücher von Karl Adam, Fulton Sheen und Evelyn Waugh. Ich warf einen Blick auf einige Titel: ›Der Geist des Katholizismus‹, ›Der Glaube unserer Väter‹, ›Das Universum‹. Manche dieser Bücher gehörten mir und kamen aus der staubigen Kiste in der Garage, aber die meisten waren neu und frisch aus der Buchhandlung. Sie mit solchen Büchern zu sehen war unfaßlich, denn sie war eine absolute Materialistin; eine Semantikerin, nein, sie war praktisch eine Atheistin, mit hartnäckigem, wissenschaftlichem Verlangen nach Beweisen.

»Was machst du?«

»Ich denke über Veränderung nach.« Sie nahm die Brille ab. »Wenn Gott so gut ist, warum läßt er dann zu, daß verkrüppelte Kinder geboren werden?«

Sofort bekam ich es mit der Angst zu tun.

»Ist was mit dem Baby?«

»Natürlich nicht. Ich stelle dir eine Frage.«

»Ich weiß keine Antwort.«

Sie lächelte voller Genugtuung.

»Aber ich.«

»Das ist ja wunderbar.«

»Willst du sie nicht hören?«

Ich konnte Joyce nicht ernstnehmen. Das war nur wieder eine Laune, und Schuld daran hatte ihre Schwangerschaft. Vor mir saß das Mädchen, das gern Chilisauce über seinen Avocadosalat goß. Sowie sie ihre Figur wiederhatte, würde es vorbei sein. Es war eine Laune. Mußte eine sein. Eine atheistische Ehefrau zu haben gefiel mir. Ihre Einstellung erleichterte das Leben. Machte es einfacher, eine Familie zu planen. Wir hatten keine Skrupel wegen Verhütungsmitteln. Unsere Ehe war bisher vernünftig und tolerant. Wir waren nicht an religiöse Dogmen gebunden. Die Scheidung war möglich, wann immer wir sie wollten. Wenn sie katholisch würde, bedeutete das alle möglichen Schwierigkeiten. Es war schwer, ein guter Katholik zu sein, sehr schwer, und deshalb hatte ich die Kirche verlassen. Als guter Katholik mußte man gegen den Strom schwimmen und Ihm helfen, das Kreuz zu tragen. Ich wollte mir das für später aufheben. Wenn sie das Kreuz tragen helfen wollte, würde ich das auch tun müssen, weil sie meine Frau war. Nein, es war eine ihrer Launen, eine vorübergehende Stimmung. Es mußte eine sein.

»Du wirst es überstehen«, sagte ich. »Irgendwelche Anrufe?«

»Nichts wichtiges.«

Ich rief meine Sekretärin im Studio an. Die Anrufe für mich waren Routine. Einer wollte Golf spielen und ein anderer Poker. Mein Produzent war in New York, und im Empfang war es sehr ruhig. Es war eine gute Zeit, um die Vorbereitung der Reparaturen in der Küche voranzutreiben. Da war Holz zu kaufen, und Papa würde wahrscheinlich einen Gehilfen brauchen. Ich ging in den Garten hinter dem Haus und trug einen Stuhl unter den großen Sonnenschirm. Papa saß ruhig da und hatte die Füße auf den Tisch gelegt. Der Weinkrug war fast leer. Er schaute zu, wie sein Zigarrenrauch in die Zweige eines kleinen Zierorangenbaums aufstieg, der in der Mitte des Gartens stand.

»Was meinst du, Papa? Wird es teuer?«

»Meine Augen brennen. Ist nicht gut, diese Gegend.«

»Smog. Du wirst auch neue Querbalken einziehen müssen.«

»Habe ich dir je von meinem Onkel Mingo und den Banditen erzählt?«

»Klar doch. Oft. Brauchst du einen Gehilfen bei der Arbeit?«

»Tapferer Mann, mein Onkel Mingo. Er war ein Andrilli, Bruder deiner Großmutter. Sie haben ihn in den Abruzzen aufgehängt. Die Carabinieri ... zwei Kugeln in der Schulter. Trotzdem haben sie ihn aufgehängt. Seine Frau stand da und weinte. Einundsechzig Jahre ist das her. Hab es selbst gesehen. Coletta Andrilli, hübsche Frau.«

Er packte den Krug mit beiden Händen und trank, und sein Adamsapfel hob und senkte sich. Er stellte den Krug wieder hin und kehrte zu seinen angenehmen Gedanken zurück. Ich erzählte ihm, daß es in der Nähe ein Sägewerk gab. Wenn er ausrechnete, wieviel Material wir brauchten, könnten wir noch am selben Tag hinfahren.

»Ich möchte so gern bald anfangen, Papa.«

Papa sagte zu seiner Zigarre. »Er möchte so gern bald anfangen. Seit zwei Stunden bin ich hier. Ich bin müde. Ich habe nicht gut geschlafen im Zug, aber er will anfangen.«

Ich entschuldigte mich. Natürlich hatte er recht. Ich war sehr gedankenlos gewesen. »Selbstverständlich, Papa. Ich will dich nicht drängen. Ruh dich ein paar Tage aus. Erhol dich gut. Die Küche hat Zeit.«

»Ich kümmere mich um die Küche, Junge. Kümmer du dich ums Schreiben.«

Müdigkeit stand auf seinem Gesicht; graue Stoppeln am Kinn, seine Mundwinkel hingen, seine Augen waren halb geschlossen und blutunterlaufen und tränten von den Abgasen in der Luft. »Laß es dir gut gehen, Papa. Ruh dich aus. Wenn du was möchtest – du brauchst es nur zu sagen. Noch ein bißchen Wein?«

»Mach dir keine Gedanken um den Wein, Junge. Ich kümmere mich um den Wein.«

»Ich bestelle dir Chianti, Papa. Richtigen Chianti. Sonst noch was?«

»Schreibmaschine.«

»Ich habe oben eine tragbare. Aber du kannst nicht tippen, Papa.«

Er betrachtete seine Zigarre. »Du tippst. Ich rede.«

Das rührte mich. Erst gestern abend hatte er Mama verlassen, und jetzt wollte er ihr eine kleine Botschaft schicken. »Das ist schön, Papa. Sie wird sich sehr freuen.«

»Sie ist tot.«

»Wer?«

»Coletta Andrilli.«

»Ich dachte, du wolltest einen Brief an Mama schreiben.«

»Wieso? Die habe ich doch gestern gesehen. Lieber Himmel, Junge.«

»Warum die Schreibmaschine?«

»Mein Onkel Mingo und die Banditen. Wir schreiben die Geschichte. Für den Kleinen. Damit er von Onkel Mingo weiß. Das ist gut für ihn, macht ihn stolz.«

»Nicht heute, Papa. Wir tun es, aber später.«

»Heute. Jetzt.«

»Aber warum heute?«

Wild antwortete er, voller Angst antwortete er: »Weil ich gleich sterben kann. Jeden Augenblick.«

»Ein anderes Mal.«

Schneller Schmerz verzerrte sein Gesicht. Wortlos stand er auf und stürmte ins Haus. Ohne ein Wort zu Joyce durchquerte er das Wohnzimmer. Mühsam stieg er die Stufen hinauf. Als ich das Wohnzimmer erreicht hatte, fiel die Tür zum Gästezimmer laut ins Schloß. Joyce spähte mich über ihre Lesebrille an.

»Was hast du dem armen alten Mann getan?«

»Nichts. Er will, daß ich die Geschichte von seinem Onkel Mingo schreibe.«

»Du hast natürlich abgelehnt.«

»Ich habe gesagt, später.«

»Nach Dorothy Lamour und den Zigeunern?«

»Sei nicht zynisch.«

»Du darfst deinen Vater nicht so behandeln. Es ist eine Sünde. Du weißt sehr gut, daß man das Alter ehren soll, ganz besonders seine Eltern. Das ist deine heilige Pflicht gegenüber Gott.«

Groß und ruhig war sie. Ein großer weißer Fels, ungerührt von den Wogen, die sie umbrandeten. Ein Elfenbeinturm war sie, ein Morgenstern, eine Hügelkette, ein Staudamm.

»Was ist eigentlich mit dir los?«

»Ich kann nicht zulassen, daß du deinen Vater beleidigst.«

Ich suchte nach einer Antwort, aber da war keine. Es brachte mich durcheinander, daß sie sich so sicher war. Sie war eine Frau von unendlichem Taktgefühl, die sehr selten ausfällig wurde. Ich dachte daran, mich bei Papa zu entschuldigen, aber das würde mich zu einer Sitzung mit seinem Onkel Mingo zwingen. Nicht, daß ich Onkel Mingo gehaßt hätte. Ich hatte nichts gegen Onkel Mingo. Ich schwor aufs Neue, daß ich seine Geschichte aufschreiben würde, aber ich wollte dieses verdammte Ding einfach nicht in dem Moment schreiben.

»Ich fahre ins Studio.«

Sie war zu ihrem Buch zurückgekehrt. Sie schaute hoch.

»Was hast du gesagt?«

»Ich fahre ins Studio.«

»Wenn Gott gütig und allwissend ist, warum erschafft er dann Geschöpfe, von denen er weiß, daß sie ewige Verdammnis erleiden?«

»Ich weiß nicht.«

»Aber ich«, lächelte sie.

»Na, ist das nicht allerliebst.«

Ich ging hinaus in die Garage und stieg ins Auto. Bis zum Studio dauerte es durch dichten Innenstadtverkehr zwanzig Minuten, aber ich war froh über das Knurren der Autos und Hupen der Busse. Das war der Pulsschlag unserer Zeit. Wenn das Baby erst geboren war, würde Joyce das wieder fühlen, den Trost des Durcheinanders, die alles andere überragende

Notwendigkeit, am Leben zu bleiben. Die Schwangerschaft einer Frau war eine harte Zeit für einen Mann. Die Schöpfung gab ihr schreckliche Kraft, und sie kam ohne ihn zurecht. Aber das würde vorbeigehen. Ich sah sie vor mir, wieder schlank, in schwarzer Spitze, und voll verzehrender Sehnsucht nach meinen Armen. Ein erstes Kind war gut für die Figur einer Frau, ließ sie reifer werden. Als ich das Studio erreicht hatte, war ich sehr glücklich. Mir war schwindelig vor Liebe, und ich genoß den Vorgeschmack auf die Freuden, die mich erwarteten.

Meine Sekretärin kam mir entgegen.

»Rufen Sie Ihre Frau an. Es ist dringend.«

Während ich wählte, sah ich sie schon hingestreckt auf dem Rücksitz eines Taxis, ein schreckliches Bild, das Baby halb geboren, Joyce stöhnend, den Taxifahrer voller Schrecken, Polizisten auf Motorrädern bahnten eine Gasse durch den Verkehr auf dem Wilshire, Sirenen kreischten, während das Taxi zum Krankenhaus raste.

Joyce war am Apparat.

»Dein Vater ist weg.«

»Wohin?«

»Zurück nach San Juan.«

»Aber er kann nicht. Er hat kein Geld.«

»Er geht zu Fuß. Den Wilshire runter. Ich konnte ihn nicht aufhalten.«

»Ich fahre hin.«

Ich hängte ein, rannte zum Auto und brauste auf den Wilshire Boulevard zu. Eine Meile östlich von meinem Haus fand ich ihn. Ich fand ihn und weinte. Er saß auf einer Bank an einer Bushaltestelle. Seine Werkzeugtasche und die verschnürten Koffer standen neben ihm. Da saß er an der Ecke, ein alter Mann mit seinen ruinierten Besitztümern. Er saß da ohne Hoffnung, erschöpft in einer großen Stadt, am Ufer eines Flusses von Autos, und Wellen von Abgasen überfluteten sein müdes Gesicht. Ja, ich weinte. Ich wollte mir auf die Brust schlagen und sagen: ›mea culpa, mea culpa‹, denn ich sah das Leid des Alters, der alten Leute, die Einsamkeit der letzten Jahre, mein Papa, mein alter Papa, so weit weg von den Abruzzen, ein Bauer bis zum Ende, da saß er auf der Bank, allein auf der Welt. Ja, natürlich würde ich seine Geschichte festhalten! Ja, natürlich würden wir das von Onkel Mingo aufschreiben, damit das Kind es später lesen konnte! Es war das Wichtigste, was ein Mann schreiben konnte. Ich parkte das Auto und wischte mir die Augen und ging zu ihm.

»Papa, was machst du hier?«

»Hallo, Junge.«

Ich legte ihm die Hand auf die Schulter.

»Wie war Onkel Mingo, Papa? Erzähl mir alles von Anfang an.«

»Er hatte rote Haare, Junge. Große Füße. Sehr starker Mann.«

Aber er konnte nicht weitersprechen. Er fing an zu weinen, und ich weinte auch, und wir umarmten uns und weinten und weinten, weil wir wußten, wie wichtig Onkel Mingo war, und wir liebten ihn so sehr nach all diesen Jahren.

»Komm, Papa, laß uns heimgehen. Wir schreiben sie auf. Ich bin ganz heiß drauf, Papa. Ich schreibe das ganze verdammte Ding.«

Ich versuchte, ihm von der Bank hochzuhelfen, aber er wollte nicht.

»Ich habe kein Zuhause, Junge. Keiner will mich.«

»Komm, Papa. Wir kaufen dir ein bißchen Wein, und dann gehen wir nach Hause und schreiben sie.«

»Eine kleine Flasche, vielleicht.«

Er holte ein blaues Halstuch mit weißen Tupfen aus der Tasche und wischte sich die Augen und putzte sich dröhnend die Nase. Dann zog er seine Brieftasche mit den vielen Fächern hervor, und ich sah wieder den Knoblauch wie eine kleine züngelnde braune Flamme, und er kramte herum, und seine Finger hielten ein paar Münzen, sechzig oder siebzig Cents, die er mir entgegenstreckte.

»Eine kleine Flasche, für deinen Papa.«

»Steck das weg, Papa. Ich kaufe dir den besten Wein der Welt. Spar dein Geld, Papa. Ich habe Geld.«

Wir trugen das Gepäck zum Auto, und er setzte sich neben mich. Er hatte mir also vergeben, und es war gut, und ich wollte meine Dankbarkeit zeigen. Wir fuhren zu einem Laden mit vielen schönen Flaschen aus der ganzen Welt, und er schaute sich um; seine Traurigkeit löste sich auf im Schimmer schöner Flaschen. Nur eine kleine Flasche, beharrte er, etwas zum Lippenanfeuchten, vielleicht ein bißchen kalifornischen Wein, aber auf diesen Regalen stand die große weite Welt, und es war für meinen Papa. Cabernet aus Chile, und er wurde schwach, und wir bestellten ein paar Flaschen und einen Chateau Lyonnais und eine Kiste goldenen Bordeaux, und er lächelte und fand es sehr unnütz und teuer für einen Mann, der doch nur ein oder zwei Schlucke kalifornischen Claret wollte. Ja, Joyce hatte recht, und ich mußte das Alter ehren, meinen Papa zuerst, und er schluchzte beinah, als er diese Strohflasche Chianti in der Hand hielt, also kauften wir auch davon noch eine Kiste.

»Das ist zuviel«, sagte er und rang die Hände, aber er kam sofort auf den Geschmack. Er zündete sich eine Zigarre an, und der Kenner in ihm trat zutage, und er ging in dem hübschen Laden hin und her, zog Flaschen hervor, studierte Etiketten, stellte Flaschen zurück. Er war ein Mann von hervorragendem Geschmack, er kannte portugiesischen Brandy, und er vergaß auch den Martell nicht. Aber er hatte auch eine exotische Seite, denn er schätzte den florentinischen Anisette, den die italienischen Mönche machten, und als er die hohe goldene Flasche Galliano sah, wußte ich, auch die mußte er haben, ein alter Mann muß Galliano haben, die Flasche war so wunderschön hoch, und die Flüssigkeit so gelb wie die Sonne Italiens.

Der Angestellte versprach schnelle Lieferung an meine Adresse, aber Papa vertraute nur sich selbst den Galliano an und hatte das Gefühl, er sollte auch den Martell mitnehmen. Wir fuhren heim und in die Garage. Mit vorsichtig balancierenden Bewegungen stieg er aus.

Joyce war froh, uns zusammen hereinkommen zu sehen, und sie küßte uns, und ihre Lippen auf meiner Wange waren die Lippen einer Nonne.

»Gott segne dich, mein Herz«, sagte sie.

Es war das erste Mal, daß sie so etwas sagte. Papa öffnete den Galliano und den Martell, und wir machten es uns im Wohnzimmer gemütlich. Wie ein Alchemist in einem mittelalterlichen venezianischen Keller goß er sich zwei Fingerbreit Martell ein und lächelte in seliger Zufriedenheit, während er einen Fingerbreit Galliano daraufgoß. Er nippte, und ihn überkam eine solche Extase, daß ich dachte, er würde sanft zur Decke entschweben.

»Mein Onkel Mingo hatte rote Haare«, sagte er. »Er wohnte in einem Steinhaus mit Mauern, die waren einen Meter dick ... «

Joyce brachte einen Teller mit Käse und Salami.

»Einmal habe ich ihn gefragt: ›Onkel Mingo, was macht dich so stark?‹ Und Onkel Mingo hat mich mit einer Hand hochgehoben, festgehalten und gesagt: ›Olivenöl‹.«

Wir probierten den Galliano, Joyce und ich.

»Onkel Mingos Bruder, der war der Bürgermeister von Torricelli. Damals hatten wir schlechte Straßen. Fünftausend Leute. Mein Cousin Aldo ist mit vier Jahren gestorben. Jeder kam zur Fiesta. Käse. Antonio konnte den Priester nicht leiden. Ein bißchen Weizen, aber meist Hafer. Ich bin raufgegangen und habe gefragt: ›Vico, was ist los?‹ Das war, bevor wir elektrisches Licht hatten ... «

Es wurde dunkel. Das Telefon läutete oft, und Joyce ging auf Zehenspitzen an den Apparat. Sie ließ nicht zu, daß ich aufstand. Ich mußte sitzenbleiben und zuhören und mir die Fakten merken. Papa stellte den Galliano zur Seite und trank den Brandy pur. Es klingelte an der Tür; Freunde von Joyce. Sie expedierte sie schnell und leise an uns vorbei ins andere Zimmer.

»Onkel Mingos Schwester, die hat Giuseppe Marcosa geheiratet. Einmal habe ich d'Annunzio in der Stadt gesehen, auf einem Fahrrad. Im Sommer heiß, im Winter kalt. Großer Mann, Onkel Mingo. Manchmal Schokolade, aber nie Kaffee. Wände, einen Meter dick. Vielleicht zwei Hektar. Viele Steine. So an die zwei Meter groß. Guter Mann. Stark. Ziegeldach. Als Italo tot war, ist die ganze Stadt gekommen. Ich habe mir gesagt, die könnten den Fisch von Bari bringen, aber dieser Luigi war zu nichts gut. Wie kann ein Mann seiner eigenen Tochter die Mitgift stehlen? Ich wußte, das würde Ärger geben ... «

Joyce verließ ihre Gäste, um mir auf einem

Tablett mein Abendessen zu bringen. Papa hatte keinen Hunger. Ich biß die Zähne zusammen und hörte weiter zu. Joyce ging wieder ins Nebenzimmer und zu ihren Freunden. Gelächter schallte herüber. Papa hatte den Brandy halb geschafft.

»In dem Jahr hat's nicht geregnet. Mein Cousin ist nach Neapel. Oh, wir hatten ein bißchen Wein, aber kaum Getreide. Olivengegend, Steine in der Erde. Kein Friseur in Toricelli. Man mußte sich selbst rasieren. Erst am 19. Januar hat's geschneit. Onkel Mingo kam zum Haus, und er war wütend . . . «

Es klingelte wieder an der Tür. Der Lieferant vom Getränkegeschäft. Er türmte Säcke und Kisten in der Diele auf. Papa torkelte in die Küche und kam mit einem Korkenzieher zurück. Er entkorkte eine Flasche Chianti. Einen Augenblick lang dachte ich, die Qual sei überstanden. Er schwankte ordentlich, während er an der Flasche zerrte. Aber er kam zurück ins Wohnzimmer und setzte sich wieder.

»Also, wo war ich?«

Ich würde bis zum Ende durchhalten. Ich würde in diesem Raum sterben, angekettet an diesen Stuhl, aber ich würde bis zum Ende zuhören. »Dein Onkel Mingo kam zum Haus, und er war wütend.«

»Und ob der wütend war! Wieviel kann ein Mann aushalten? Du hast keine Ahnung. Du sitzt hier in Los Angeles und hast soviel zu essen wie du willst, aber was weißt du von den Problemen eines Mannes? All die Felsbrocken, die auf sein Land rollten. Der kleine Junge war krank. Meine Mutter ging hin. Die ganze Zeit war Sturm. Die Ziege starb, und Dino ging nach Rom und wollte Priester werden. Die Steuern waren zu hoch. Ich war siebzehn, als ich nach Neapel ging. Hatte was mit den Augen. Onkel Mingo zog seinen Schuh aus, und sein Fuß blutete. Wir hatten Olivenöl, aber der Frost machte den Wein kaputt. Kein Licht, kein Gas. Elena, die Frau von meinem Bruder, bekam ein Kind. Onkel Mingo hat ihn am Kragen gepackt und gesagt: »Alfredo, ich breche dir alle Knochen im Leib. Das war die Nacht, als es so geregnet hat. Vor Onkel Mingo hatten alle Angst . . . «

Er kam nie bis zu den Banditen. Joyce's Freunde verschwanden respektvoll schweigend. Er trank zwei Flaschen Chianti, und er erzählte von vielen Dingen, aber die Einzelheiten von Onkel Mingo und den Banditen bekam ich nicht zu hören. Gegen Mitternacht schlich Joyce auf Zehenspitzen nach oben. Wir saßen im kleinen Lichtkegel der Tischlampe. Langsam, unendlich langsam, schlief er ein. Ich zog ihn hoch; er stieg im Schlaf die Treppen hoch, den Arm auf meine Schultern gelegt. Ich brachte ihn in sein Zimmer, zog ihm die Sachen aus und deckte ihn mitsamt seinem langen Unterzeug zu.

Meine Arbeit war noch nicht getan. Am Morgen würde er nach der Geschichte fragen. Ich ging in mein Zimmer und klappte die Reiseschreibmaschine auf. Ich tippte das Datum und schrieb die Geschichte in Form eines Briefes . . .

Liebes ungeborenes Kind:

heute hat mir dein Opa die Geschichte von seinem Onkel Mingo und den Banditen erzählt. Onkel Mingo war dein Urgroßonkel. Ich schreibe die Geschichte auf, weil dein Großvater sie aufheben will für den Tag, an dem du sie selbst lesen kannst und dich vielleicht darüber freust . . .

Ich dachte, ich würde nur zwanzig Minuten brauchen. Aber aus diesem Chaos zusammenhangloser Anekdoten mußte etwas entstehen. Das geschah, eine Stimmung. Um vier Uhr früh, meine Zähne glühten von den Zigaretten, hämmerte ich immer noch auf die Maschine ein.

Zum Teufel mit dem Kind.

Das hier konnte ich an die ›Saturday Evening Post‹ verkaufen.

Ich hörte Papa in der Dunkelheit schnarchen. Ich hörte, wie er aufstand und ächzte und zum Badezimmer schlurfte. Auf dem Gang herrschte reges Kommen und Gehen und viel Fußgetrappel. Wenn Papa nicht das Badezimmer besetzt hielt, dann Joyce. In ständiger Prozession waren die beiden unterwegs zwischen ihren jeweiligen Zimmern und dem Badezimmer. Einmal hörte ich schnelle Schritte auf dem Gang. Das war Joyce, die darauf wartete, daß sie drankam. Papa erschien in seinen langen Unterhosen. Sie schauten sich an, lächelten einander in schlafwandlerischem Verständnis zu und gingen ihrer Wege.

Am nächsten Tag kam ich mittags herunter. Bei mir hatte ich zwanzig gute Seiten über einen italienischen Banditen, eine heroische Gestalt mit rotem Haar. Ich fand Papa im Eßzimmer. Er hatte Zeichenpapier auf dem Tisch ausgebreitet und arbeitete konzentriert mit Bleistift und Lineal.

»Da hast du sie, Papa. Die Geschichte von Onkel Mingo.«

Ich warf sie auf das Zeichenpapier.Er hob die Seiten hoch und gab sie mir zurück. »Heb das für den Jungen auf.«

»Willst du sie nicht lesen?«

»Weshalb soll ich sie lesen? Lieber Himmel, Junge, ich hab sie gelebt.«

Fünftes Kapitel

Ich dachte, es wäre eine ihrer Launen, eine vorübergehende Stimmung, aber sie sah jetzt keinen Grund mehr, die Tatsachen zu verschleiern. Seit Beginn der Schwangerschaft hatte sie die Kraft von Religion gespürt, den Wunsch nach Veränderung. Er war mit dem Kind gewachsen. Zuerst hatte sie die Sehnsucht verborgen, auch vor sich selbst, aber diese Täuschung machte sie unglücklich, und sie begann zu lesen, zu suchen, und das geheimnisvolle Verlangen wuchs. Sie hatte mir nichts davon gesagt, aber während meiner Reise in den Norden hatte sie sich entschieden: Sie würde in die Kirche eintreten.

Sie war jetzt so reif, so saftig, so riesig. Die grauen Augen waren angefüllt mit dem Kind, das sie in sich trug. Ich fühlte, wie ich in den hypnotischen Tiefen dieser Augen ertrank, wenn ich zu lange hineinstarrte, und die Leidenschaft des Glaubens pulsierte in ihnen. Oft schaute Joyce durch mich hindurch, war versunken in irgendein religiöses Hirngespinst. Zu Mittag erklang das Angelusläuten vom Turm der Bonifatiuskirche, und sie ließ schlagartig fallen, was sie gerade in der Hand hatte, ihr Buch, ihren Kamm, das Staubtuch, und fing an zu beten. Mir war das unangenehm.

»Warum ist dir das so peinlich?« fragte sie. »Du bist doch angeblich so liberal. Beweis es hier, in deinem eigenen Haus.«

Vor dem Essen kündigte sie an, daß wir nun ein Tischgebet sprechen würden, und ich schaute Papa an, und er zuckte mit den Schultern, und wir starrten dümmlich auf unsere Teller, bis das Gebet vorbei war. Ihr war das todernst. Stundenlang lag sie in ihrem Zimmer auf dem Bett, rauchte und sinnierte über die Vergänglichkeit des Lebens. Ich konnte es nicht fassen. Manchmal hielt ich es für die Angst vor dem Tod wegen der Geburt. Eines Nachts kehrte die alte Leidenschaft zurück, und ich schlüpfte zu ihr ins Bett und legte meinen Arm um sie. Sie schlief tief und fest. Dann wachte sie auf, knipste die Nachttischlampe an, stützte sich auf einen Ellbogen und starrte auf mich herunter. Innige Frömmigkeit stieg in Schwaden aus ihren Augen.

»Du solltest dich in Enthaltsamkeit üben«, lächelte sie. »Das wird dich sehr stark machen.«

»Wer will schon stark sein?«

»Heute habe ich ein Gedicht gelesen, das ging so:

Nimm alle Freuden dieser Welt
und all die Jahre unseres Lebens –
eine Minute im Himmel ist mehr wert
als alles zusammen.«

Ich machte den würdevollsten Abgang, der unter diesen Umständen möglich war, kroch zurück in mein Bett und fragte mich, wo das alles enden würde.

Zweimal in der Woche ging sie zum Pfarrhaus der Bonifatiuskirche zum Taufunterricht. Sie las den Katechismus und ein paar einfache Traktate, die der Priester ihr gegeben hatte. Aber das war nicht genug. Sie war eine schnelle, unersättliche Leserin und verschlang alles, was sie zu diesem Thema finden konnte. Sie las kanonisches Recht, Aquin, Thomas à Kempis, Augustinus, die päpstlichen Enzykliken und die ›Katholische Enzyklopädie‹.

Eines Abends, als ich mich in der Badewanne räkelte, klopfte sie an die Tür und kam herein.

»Glaubst du an den freien Willen?«

Die Antwort darauf kannte ich noch aus dem Katechismus meiner Schulzeit.

»Natürlich glaube ich an den freien Willen.«

»Haben Schwachsinnige einen freien Willen? Verrückte?«

Darüber stand nichts im Katechismus.

»Wie das mit Verrückten ist, weiß ich nicht.«

Sie strahlte voll heiterer Gemütsruhe.

»Aber ich weiß es.«

»Wie schön für dich!«

In vier Wochen, kurz bevor sie ins Krankenhaus gehen würde, wollte sie sich taufen lassen. Sie war völlig in Anspruch genommen von dem Problem, die richtige Schutzheilige zu finden. Sie prüfte alle, und von Hunderten blieben zwei übrig: die heilige Elisabeth und die heilige Anna. Ich wollte mich in diese Angelegenheit nicht hineinziehen lassen, aber sie redete pausenlos darüber.

Schließlich sagte ich: »Was spricht gegen die heilige Theresa? Sie hat überall in der Welt einen guten Ruf.«

»Zu beliebt«, sagte Joyce. »Nicht unbekannt, nicht mysteriös genug. Außerdem war sie eine schrecklich unauffällige Frau. Ich persönlich tendiere zur heiligen Elisabeth. Die war sehr reich und sehr schön. Außerdem konnte sie gut schreiben. Der heiligen Elisabeth fühle ich mich sehr nahe. Ich glaube, die versteht mich besser als irgendjemand sonst auf der Welt.«

»Na, ist das nicht reizend?«

Sie schenkte mir ein süßes, verzeihendes Lächeln.

»Mach dich nur über mich lustig. Ich habe mich dagegen gewappnet.«

»Ich mach mich nicht lustig. Ich will nur nichts damit zu tun haben. Ich habe genug eigene Probleme.«

»Du bist in jedes meiner Gebete eingeschlossen«, sagte sie. »Ich weiß, wie verwirrt du bist. Ich war auch mal so, vor langer Zeit.«

»Ach, hör auf damit.«

»Aber ich bete wirklich für dich. Und für das Baby. Und für den Weltfrieden.«

Plötzlich war sie unwiderstehlich, und ich stürzte auf sie zu, aber alles, was ich bekam, war ein schmatzender Kuß auf die Backe, während sich der weiße Ballon in meinen Magen bohrte.

Sie kaufte einen Rosenkranz, eine Statue der heiligen Elisabeth und mehrere Kruzifixe. Sie brachte kleine Flaschen mit heiligem Wasser, und sie befestigte ein kleines Weihwasserbecken aus Bronze an ihrer Schlafzimmertür, damit sie sich mit dem geweihten Wasser bekreuzigen konnte, sowie sie zur Tür hereinkam. Die heilige Elisabeth kam auf ein Regal mit liebevoll ausgewähltem Krimskrams in der Ecke. Davor türmte sie Blumen auf, zündete Kerzen an und las die Schriften der Heiligen.

Ich fragte Papa: »Wie findest du's, daß Joyce katholisch wird?«

»Gut. In Ordnung.«

»Was ist daran gut?«

»Ist es schlecht?«

»Ich möchte meine Familie planen.«

»Dann plane sie. Los, fang an. Babies.«

»Babies, natürlich. Viele Babies. Aber ich will sie dann, wenn ich sie will. In der Kirche gibt es keine Empfängnisverhütung, Papa.«

»Empfängnisverhütung?«

»Man kann nichts dagegen tun. Die kommen einfach, eins nach dem anderen, pausenlos.«

»Ist das schlecht? Das ist gut.«

»Wir sind keine Bauern mehr, Papa. Wir müssen irgendwann mal aufhören.«

Er kniff die Augen zusammen.

»Ich mag nicht, was du redest.«

»Ein Mann sollte entscheiden dürfen, wann er ein Kind will.«

»Du hast gehört, was ich gesagt habe, Junge. Ich mag das nicht.«

»Mal angenommen, die kommen, und wir haben kein Geld?«

»Schaff Geld ran.«

»Das ist hart, Papa.«

Seine Faust schoß hoch, er spreizte die Finger und packte mein Hemd.

»Nicht mit MEINEN Enkelkindern, verstanden? Die läßt du in Ruhe. Laß sie kommen.Die haben genauso viel Recht hier wie du.«

Ich schob seine Hand weg.

»Das hat nichts mit Rechten zu tun, Papa. Das ist eine Frage der Ökonomie.«

»Hör auf, diese Bücher zu lesen.«

»Bücher – was für Bücher? Zu viele kann ich nicht ernähren.«

»Wir konnten uns auch keins leisten, ich und Mama. Kein einziges. Aber wir hatten vier. Wir haben das ohne Geld geschafft, ein paar Dollar, aber nie genug. Willst du, daß wir sowas aus dem Drugstore nehmen, und du wärst heute nicht mal geboren, ohne deine Schwester und Brüder, und ich und Mama wären allein auf der Welt? Wozu?«

So gestellt war diese Frage nicht zu beantworten.

»Ich glaube, Papa, du bist eigentlich ein frommer Mann. Du glaubst wirklich.«

»Enkelkinder, daran glaube ich. Und hör auf mit diesen Büchern.«

Ja, sie war todernst, voll der Leidenschaft der Konvertierten. Sie ging gern vor der Statue der heiligen Elisabeth auf und ab und betete den Rosenkranz. Durch die halboffene Tür sah ich sie hin und her wandern, sie und das Kind. Ihre Lippen sprachen die Gebete, und ihre Augen fingen ihr Bild im Spiegel ein, und sie versuchte, den Bauch einzuziehen.

Eines Morgens ging sie mit mir hinaus in die Garage.

»Du weißt natürlich, daß wir so bald wie möglich heiraten müssen.«

»Wir sind schon verheiratet. Der Friedensrichter in Reno hat uns getraut.«

»Das war eine standesamtliche Trauung. Für mich zählt das nicht.«

»Für mich zählt es.«

»Ich will meine Ehe von der Kirche gesegnet haben.«

»Soll das heißen, wir haben all diese Jahre in Sünde gelebt?«

»Nach meiner Taufe werden wir getraut. Es ist eine wunderschöne Zeremonie. Wir werden verheiratet sein bis an unser Lebensende.« Sie lächelte. »Du wirst dich nicht von mir scheiden lassen können. Niemals.«

Mit der Mutter deines kommenden Kindes fängst du keinen Streit an. Du tust dein Bestes, damit sie glücklich ist. In ihren Augen hast du an Exklusivität verloren, du wirst nur noch mit Mühe toleriert; der Beitrag, den du geleistet hast, ist klein genug. Sie wird der Star der Show, und von dir wird erwartet, daß du dich fügst, denn das gehört sich so. Sonst könntest du sie aufregen, ihr Kummer bereiten und dadurch das Kind aufregen.

»Was soll ich tun, mein Liebes? Sag mir in deinen eigenen Worten ganz genau, was du willst. Was soll ich machen?«

»Pater Gondalfo kommt, um dich kennenzulernen. Er wird mich taufen. Ich will, daß du mit ihm sprichst.«

Zwei Tage später kam Pater Gondalfo zu uns. An jenem Nachmittag fand ich ihn mit Papa und Joyce im Wohnzimmer. Pater Gondalfo war ein harter Brocken und früher Kaplan bei der Marine im Südpazifik gewesen. Über eine Stunde hatte er auf mich gewartet. Wegen der Hitze hatte er seine Jacke ausgezogen und saß in einem weißen T-shirt da. Die schwarzen Haare auf seinem gewaltigen Brustkorb bohrten sich durch das Gewebe des Hemdes. Er hatte Arme wie ein Ringer und hielt sich in

Form durch Handballtraining an der Garagenwand des Pfarrhauses. Er war ein junger Priester, höchstens zweiundvierzig, mit dunklem sizilianischem Gesicht, gebrochener Nase und kurzgeschorenen Haaren. Er sah aus wie ein Verteidiger oder Stürmer von Santa Clara. Auf den ersten Blick wurde mir klar, daß er wie ich italienische Eltern hatte, und diese Blutsverwandtschaft schaffte schnell eine gewalttätige Intimität. Er quetschte meine Knöchel in einem Händedruck.

»Es ist halb sechs, Fante. Wo warst du?«

Arbeiten, erklärte ich ihm.

»Um wieviel Uhr hörst du auf?«

Kurz nach vier, erklärte ich ihm.

»Vier? Wo warst du die letzten anderthalb Stunden?«

Bei Lucy's auf einen Drink, erklärte ich ihm.

»Weißt du nich, daß deine Frau schwanger ist?«

Joyce saß in einem gemütlichen Sessel, der große Berg ruhte träge auf ihrem Schoß, und ihre Beine waren leicht gespreizt, um ihn zu stützen. Sie verehrte Pater John. Ich fühlte auch Papas Bewunderung und außerdem eine gewisse Feindseligkeit mir gegenüber.

»Wieso trinkst du nich zu Hause?« fragte Pater John. »Mit deiner Frau und diesem großartigen Mann, deinem Vater? Hast du mal daran gedacht?«

Ich bestaunte seine Schultern, die schwarze Intensität seiner Augen. »Natürlich, Pater. Ich trinke oft zu Hause.«

»Zeit, daß du erwachsen wirst, Fante . . . «

»Sicher, Pater. Aber . . . «

»Widersprich mir nicht. Denkst du, ich wäre grad mit der Fähre von Hoboken gekommen?«

Ich wollte mich mit niemand streiten. Ein Blick auf Joyce sagte mir, daß sie völlig hingerissen war von der Inbrunst, mit der Pater John vage warnte. In diesem Augenblick war sie überhaupt nicht mit mir einverstanden. Und Papa auch nicht. Der saß bei einer Flasche Wein, leckte sich die Lippen und nickte weise zu den Worten des Priesters.

Pater John klatschte in die riesen Hände, rieb sie fest aneinander und sagte: »Gut, kommen wir zur Sache. Fante, deine Frau will in die heilige römisch-katholische Kirche eintreten. Irgendwelche Einwände?«

»Keine Einwände, Pater.«

Und das war die reine Wahrheit. Dagegen konnte es keine Einwände geben. Ich mochte mir etwas anderes wünschen. Ich mochte hoffen, daß sie ihr Verlangen hinausschieben würde, aber das war eine andere Geschichte.

»Und was ist mit dir? Dein Vater, dieser wunderbare und große Mann hier sagt mir, daß er geschwitzt und sich abgerackert hat für deine gute katholische Erziehung. Aber du liest jetzt Bücher, und, man stelle sich das vor, du SCHREIBST Bücher. Was hast du eigentlich gegen uns, Fante? Du mußt ja wirklich sehr schlau sein. Erzähl mir davon. Ich höre.«

»Ich habe nichts gegen die Kirche, Pater. Es ist nur einfach so, daß ich denken will . . . «

»Ah, das ist es also! Die Unfehlbarkeit des Heiligen Vaters. Du willst also wissen, ob der Bischof von Rom wirklich unfehlbar ist in Fragen des Glaubens und der Moral. Fante, das kann ich dir sofort beantworten: Er ist es. Was macht dir sonst noch Sorgen?«

Ich ging zu Papa, nahm seine Flasche und trank ein paar Schlucke. Pater Johns plötzliche Attacke hatte mich ins Schleudern gebracht, und ich mußte wieder klar denken.

»Verstehen Sie, Pater. Die heilige Jungfrau Maria . . . «

»Ich sage dir, was mit der Heiligen Jungfrau Maria ist, Fante. Ich sage es dir ganz ehrlich und ein für allemal. Maria, die Mutter Gottes, hat ohne Sünde empfangen und fuhr nach ihrem Tode gen Himmel. Ein Mann von deiner Intelligenz kann das doch wohl begreifen.«

»Ja, Pater. Für den Augenblick will ich das mal akzeptieren. Aber in der Messe, bei der Wandlung ...«

»Bei der Wandlung wird Brot und Wein zu Leib und Blut Christi. Sonst noch was?«

»Naja, Pater. Wenn ein Mann zur Beichte geht ...«

»Christus gab seinen Priestern die Macht, Sünden zu vergeben, als er sagte: ›Empfanget den Heiligen Geist. Wessen Sünden ihr vergebt, die seien vergeben, und wessen Sünden ihr bewahrt, die seien bewahrt.‹ Es steht im Neuen Testament. Lies doch selber nach.«

»Ich verstehe die Worte, Pater. Aber die Doktrin der Erbsünde ...«

»Ha, darum geht es also! Mit der Erbsünde ist gemeint, daß wir als Kinder unserer ersten Eltern in Sünde empfangen sind und sündig bleiben werden bis zum wunderbaren Sakrament der Taufe.«

»Ja, Pater, ich weiß. Aber die Wiederauferstehung ...«

»Die Wiederauferstehung? Um Gottes Willen, Fante. Das ist doch nun wirklich einfach. Christus unser Herr wurde gekreuzigt und erstand wieder auf von den Toten, und das ist das Versprechen der Unsterblichkeit für alle seine Kinder. Oder ziehst du es vor, wie ein

Hund zu krepieren, dem die Gnade Gottes nicht bestimmt ist?«

Ich seufzte und setzte mich. Es gab nichts mehr zu sagen. Papa räusperte sich, ein kleines Lächeln auf den Lippen, und hob die Flasche. In seinen Augen lag eine merkwürdige Wärme. Asche von seiner Zigarre fiel in grauer Unordnung auf seinen Schoß.

»Der Bengel liest zu viel, Pater. Seit Jahren sag ich ihm das.«

Jetzt war ich also ›der Bengel‹.

»Aber ich lese gern, Papa. Das gehört zu meinem Beruf.«

»Die Bücher sind schuld, Pater. Empfängnisverhütung! Hat er mir selbst erzählt.«

»Empfängnisverhütung?« Pater John lächelt traurig und schüttelte den Kopf. »Ich erzähle dir was über Empfängnisverhütung in der katholischen Kirche. Es gibt keine.«

»Ich hab's ihm gesagt, Pater. Ich habe gesagt: ›ich mag das Gerede nicht‹. Das Mädchen kann nichts dazu. Sie ist Protestantin. Sie weiß es nicht besser. Aber er. Er hat mir gesagt: ›Ich will meine Familie planen.‹ Vor 'n paar Tagen hat er's gesagt. Mir, seinem eigenen Vater.«

»Ich habe was ähnliches gesagt«, gab ich zu. »Aber was ich meine ist folgendes, Pater. Mein Einkommen . . . «

»Sehen Sie?« unterbrach Papa. »Fast vier Jahre sind die beiden verheiratet. Genug Zeit für zwei, einen kleinen Jungen und ein kleines Mädchen. Meine Enkelkinder. Aber wo sind sie, Pater? Gehen Sie nach oben, schauen Sie in alle Zimmer, unter die Betten, in die Schränke. Sie werden sie nicht finden. Den kleinen Nicky und die kleine Philomena. Nicky könnte jetzt knapp drei sein und mit seinem Großvater reden. Das kleine Mädchen hätte gerade laufen gelernt. Sehen Sie sie irgendwo, Pater? Schauen Sie im Garten nach, in der Garage. Nein, Sie werden sie nicht finden, weil es sie nicht gibt. Und das ist SEINE Schuld!« Papas rechter Zeigefinger, der mit dem gespaltenen Fingernagel, schoß auf mich zu.

»Hör auf, Papa.«

»Ich höre nicht auf. Ich will's wissen, weil ich der Großvater bin: Wo ist Nicky? Wo ist Philomena?«

»Was weiß ich, wo die sind?«

Joyce ging zu Papa und setzte sich neben ihn. Sie hielt seine große rote Tatze und redete leise auf ihn ein. »Es hat sie nicht gegeben, Papa Fante. Wirklich und wahrhaftig. Ganz ehrlich.«

Das war nicht die richtige Art mit ihm

umzugehen, denn er badete gern in Gefühlen. Und schon war er gramgebeugt, sein Kinn zitterte und seine Augen wurden plötzlich feucht. Ich versuchte Joyce durch Blicke ein Zeichen zu geben. Es stimmte, daß ich gegen eine Schwangerschaft gewesen war, solange wir sie uns nicht leisten konnten. Es stimmte auch, daß sie bereit gewesen war, es ohne Geld zu riskieren. Aber ich hatte mir diese Male nie als menschliche Wesen vorgestellt oder ihnen Namen gegeben, diesen nicht empfangenen Kindern, und jetzt sah ich in Joyces Gesicht den Verlust, die kleine Trauer, weil Papa es so sentimental ausgedrückt hatte.

»Ich rede mit meinem Blut«, fuhr Papa fort. »Da sind zwei, die ich nie zu Gesicht bekomme, aber sie sind da, irgendwo, und ihrem Opa geht es nicht so gut, weil er ihnen kein Eis kaufen kann.«

Er fing an zu weinen, bohrte sich die dicken Fingerknöchel in die Augen und wischte die Tränen weg. Er nahm noch einen Schluck aus der Flasche und stand auf, eine Mischung aus vielen verschiedenen Stimmungen, zog an seiner Zigarre, weinte, genoß den Wein, war zufrieden mit der Rolle des tieftraurigen Großvaters und hatte doch ein gebrochenes Herz, weil die Kinder nicht dawaren. Pater John legte mit rauher Herzlichkeit den Arm um ihn. Sie brummten eine Art Aufwiedersehn auf italienisch, und Papa stolperte mit erhobenem Kopf und geradem Rücken, tapfer und triumphierend die Stufen hinauf, um den Wein auszuschlafen.

Wir schwiegen eine Weile. Joyce betupfte sich Augen und Nase mit einem Taschentuch.

»Es ist der Wein«, erklärte ich. »Der Wein macht ihn sehr gefühlsselig.«

»Und du?« fragte der Pater.

Ich zuckte die Schultern. »Ich tue, was ich kann.«

»Ich weiß nicht ...«

Er mußte uns verlassen. Papa hatte ihn traurig gemacht. Ich half ihm in seinen großen, blauen Sergemantel, und zu dritt gingen wir hinaus und über den Rasen zu seinem Auto. Wir gaben uns die Hand.

»Sei vorsichtig mit dem, was du sagst, wenn dein Vater dabei ist«, warnte er mich. »Er ist sehr sensibel.«

»Ich weiß.«

»Ich will dich wieder in der Kirche haben.«

»Ich werd's versuchen, Pater.«

Wir schauten zu, wie er davonfuhr, wie das Auto auf den Wilshire Boulevard rollte. Der Verkehr des Spätnachmittags rauschte wie ein großer Fluß im Frühling. Wir sprachen nicht, als wir zum Haus zurückgingen. Sie folgte mir in die Küche, und ich holte aus dem Kühlschrank Eiswürfel für einen Drink. Schweigend sah sie zu, wie ich ein paar Martinis mixte.

»Hilft er dir?« fragte ich.

»Ja.«

»Er wird es nie zum Bischof bringen. Nicht einmal zum Monsignore.«

»Aber er ist wirklich ein Heiliger. Einfach, ehrlich, zweifelt nie.«

»Einfach, das kann man wohl sagen.«

»Er hat den Glauben.«

»Ich möchte mal wissen, wo der seine Theologie her hat.«

Sie seufzte. »Das gebe ich zu. Mit der Theologie hat er seine Schwierigkeiten. Das Mysterium des Leib Christi kann er nicht erklären. Und er weiß es nicht, aber eigentlich ist er Calvinist und glaubt an Vorherbestimmung. Die ganze Woche habe ich versucht, das zurechtzurücken, aber er versteht nicht, was ich meine.«

Gesegnet sei der Leib, der meinen Sohn trägt!

Ich küßte sie, und wir griffen nach den Martinis. Sie trank langsam und gedankenverloren, etwas beunruhigte sie. Sie nahm ihr Glas mit ins Wohnzimmer. Nach einiger Zeit ging ich auf der Suche nach ihr auch in den fast dunklen Raum. Sie saß still am Fenster. Ich war überrascht, sie weinen zu sehen.

»Was ist, Liebling?«

»Dein Vater hat Recht mit dem kleinen Jungen und dem kleinen Mädchen. Oh, warum haben wir sie nicht bekommen?«

Sechstes Kapitel

Nach zwei Wochen beschloß Papa, mit der Arbeit am Haus anzufangen. Es war eine höchst willkommene Entscheidung. Wir hatten die rohen Dielen satt, die das Loch im Küchenboden abdeckten. Naßkalte und unheimliche Gerüche drangen durch die Ritzen, und jeder stolperte über die Bretter. Die Putzfrau holte sich einen Splitter in die Hand und wollte den Küchenboden nicht mehr schrubben, bevor er repariert war. Üble Dinge kamen aus dem Loch. Jeden Morgen wurde der erste, der die Küche betrat, von der hektischen Flucht eines Schwarms plumper brauner Käfer erschreckt. Joyce rief den Kammerjäger, und Behandlung wurde verordnet. Aber das DDT brachte sie nur aus dem Gleichgewicht; sie fielen auf ihre breiten Rücken und zappelten fröhlich mit den Beinen. Nachts konnte man geradezu hören, wie sie sich unter dem

Haus in bestialischer Ausgelassenheit bespritzten.

Papa war in der Regel der erste morgens, machte sich sein Frühstück selbst, kochte aber genug Kaffee für uns alle. Sein Frühstück ging schnell; es bestand aus einem Glas Weißwein, in dem ein rohes Ei schwamm. Diese Köstlichkeit sah aus wie ein in Essig eingelegtes gelbes Auge. Joyce wurde einmal Zeuge, wie er seinen Leckerbissen herunterschlang, und das war das erste und einzige Mal, daß ihr morgens übel wurde. Papa hob die Eierschalen für den Kaffee auf. Angeblich sollten sie den Geschmack verbessern. Joyce und ich experimentierten unermüdlich mit unserem Kaffee. Im Laufe der Jahre hatten wir alles ausprobiert, aber gefiltert schmeckte er uns beiden am besten. Jeden Morgen vollzogen wir unser kleines Ritual: Wir mahlten frische Kaffeebohnen, gaben eine Prise Salz zu und gossen sehr heißes, aber nicht kochendes Wasser darüber. Es war eine unfehlbare Methode, und jedesmal bekamen wir, was wir wollten: guten Kaffee.

Papas Rezept war es, mehrere Handvoll gemahlenen Kaffee in einen Topf zu schütten und kochen zu lassen. In dieses Gebräu warf er die Eierschalen, ließ es noch eine Weile kochen, und heraus kam eine Art Kaffeesuppe.

Es war ein grausamer Kaffee, der frische Sahne verschlang, ohne seine Farbe auch nur im geringsten zu verändern. Wenn man ihn umrührte, schabte der Löffel über Grobkörniges, und verdächtige Details stiegen an die Oberfläche und versanken wieder. Gekochtes Eiweiß schwamm durchs Blickfeld, und ständig spuckte man Eierschalenreste. Kurz gesagt: Es war widerlich. Wir nippten gehorsam daran, nicht mehr als eine Geste, und später trank ich im Büro richtigen Kaffee. Für Joyce war es höchst unprakisch. Sie liebte Kaffee, und wenn sie ihn haben wollte, mußte sie in die Küche stürzen, ehe Papa kam.

An diesem Morgen trug Papa seine Arbeitskleidung. Die bestand aus denselben Sachen, die er bisher getragen hatte, nur das Halstuch fehlte. Keine Frage: Er war gerüstet zum Handeln. Seine Werkzeugtasche lag aufgeklappt auf der hinteren Veranda, hinter seinem Ohr steckte ein Bleistift, und er stand vor dem notdürftig geflickten Loch mit einem Zimmermannszollstock in der Hand. Er schien tief in Gedanken versunken, betrachtete durch den Zigarrenrauch hindurch mit zusammengekniffenen Augen den Fußboden. Wir lächelten dankbar. Endlich wurde die Arbeit in Angriff genommen.

Dies war nicht die richtige Zeit zum Reden, wir alle waren uns der Bedeutung des Augenblickes bewußt. Er hatte Kaffee gekocht, der Geruch von Verbranntem durchdrang die Küche. Joyce holte Teller und Tassen und stellte sie geräuschlos auf den Tisch. Papa klappte seinen Zollstock auf und machte ein paar geheimnisvolle Messungen. Er nahm seine Zigarre, biß ein loses Blatt ab und sagte laut zu sich selbst: »Müssen normale Kanthölzer sein.« Er klappte seinen Zollstock wieder zusammen. »Geht nicht anders, müssen Zehner sein.«

»Meinst du die Querbalken, Papa?« fragte ich.

Das störte die Reinheit seiner Gedanken. Er drehte sich langsam um.

»Hab ich dir je gesagt, wie du 'ne Geschichte schreiben sollst?«

»Nein, Papa.«

»Dann kümmer dich um deinen Kram.«

Er ging hinaus zu seiner Werkzeugtasche und kam mit einem Hammer und einem kurzen Brecheisen zurück. Nägel kreischten, als er zwei der provisorischen Fußbodenbretter herausriß. Er legte sich flach auf den Bauch, und sein Kopf verschwand im Loch. Das Blickfeld erwies sich als unbefriedigend. Er riß noch zwei Bretter heraus. Nun stieg er in den Hohlraum unter dem Haus. Drei oder vier Minuten lang blieb er verschwunden.

»Papa versteht sein Handwerk«, flüsterte ich.

»Er ist wohl sehr gründlich.«

Als er wieder auftauchte, waren sein Hut und seine Zigarre mit Spinnweben verziert. Er kletterte brummelnd und hustend aus dem Loch und wischte sich mit der Tatze über das Gesicht.

»Zwölfer Kanthölzer«, sagte er. »Möchte bloß wissen, wieso.«

»Meinst du die Querbalken, Papa?«

Er starrte mich an.

»Willst du hierbleiben und den Fußboden reparieren, und ich schreibe inzwischen eine Geschichte?«

»Ich habe doch nur gefragt.«

Er drehte sich um, seine Augen blickten ins Leere. »Zehner tun's doch auch. Muß man nur die Stützpfeiler ein bißchen verlängern. Möchte bloß wissen, warum er das gemacht hat?«

»Was gemacht hat, Papa?«

Ohne zu antworten ging er zum Fenster und schaute hinaus auf die Einfahrt.

»Zwölfer! Verdammt, warum so große?«

Er bückte sich auf der Veranda hinterm Haus und kam mit einem Hammer zurück. Er legte die Bretter wieder über das Loch und nagelte sie fest. Dann sammelte er sein Werkzeug ein und warf es in die Tasche. Er verschwand auf den Hof hinterm Haus. Als ich zur Garage ging, um ins Büro zu fahren, saß er unter dem Sonnenschirm. Er rieb sich das Kinn und schien tief besorgt.

»Alles in Ordnung, Papa?«

Er spuckte ein Stück Zigarre aus.

»Geh und schreib deine Geschichte, Junge.«

Am frühen Nachmittag rief Joyce an.

»Wir haben eine Überraschung für dich.«

Aber ich war nicht überrascht, denn ich wußte, wie dieser Mann war. Er erledigte alles plötzlich und dramatisch.

»Die besten Hände von Kalifornien«, sagte ich.

»Er ist ein Genie.«

Nein – er war kein Genie, und doch hatte er genialische Züge an sich, eine kraftvolle Klugheit, die nach ausführlichem Nachdenken fruchtbar wurde. Fünfzig Jahre auf dem Bau hatten ihn zum besten Mann im Gewerbe gemacht. Während ich nach Hause fuhr, dachte ich daran, wie er in der Küche gestanden hatte, in Gedanken versunken und voller Ungeduld mit meinen Fragen. Das hatte mir nicht gerade wenig Sorgen gemacht. War der Termitenschaden größer als erwartet? Nun war klar, daß ich die Zerstörung überschätzt hatte. Schnell und geschickt hatte er in einem Ausbruch von Energie die Arbeit vollendet, und die Wärme in Joyce's Stimme zeigte mir, daß sie sehr zufrieden war. Wieder einmal überkam mich das alte, angenehme Gefühl für mein Haus und meinen Vater. Gott sei Dank, daß er noch lebte! Möge Gott ihm noch viele Jahre auf dieser Welt schenken und mir die Möglichkeit geben, meine Dankbarkeit und Bewunderung zu zeigen. So fühlte ich mich, als ich zu Hause ankam, die Garage abschloß und durch den Dienstboteneingang in die Küche stürzte.

Der Fußboden war nicht repariert worden. Dieselben rohen Fichtenbretter bedeckten das Loch. Nichts hatte sich geändert. Aber von der Frontseite des Hauses her hörte ich dumpfe Schläge, das Geräusch von Metall auf Mörtel. Im Wohnzimmer fand ich sie, Joyce und Papa. Sie rissen den Kamin ab. Staub stieg von den zertrümmerten Backsteinen und dem Verputz auf. Sie sahen aus, als hätten sie den Verstand verloren. Joyce schwang einen Hammer und Papa ein Brecheisen, und gemeinsam attackierten sie die Kaminmauer. Joyce hatte ein Kopftuch umgebunden, und Staub und Dreck verschmierten ihr Gesicht. Sie trug grüne seidene Umstandshosen und eine gelbe Bluse, und ihr Gesicht war heiß und rot vor Anstrengung. Papa arbeitete methodisch, die Zigarre zwischen den Zähnen. Sein Brecheisen löste Backsteine aus der Mauer und beförderte sie auf den Fußboden. Die Möbel waren zusammengeschoben und zugedeckt worden. Ein Stück Zeltplane schützte den Fußboden.

Dann entdeckte mich Joyce.

»Hallo«, schrie sie.

»Was ist denn hier los?«

»Wir bauen einen neuen Kamin!«

»Wieso?«

Ich starrte den Trümmerhaufen an. Der alte Kamin war zwar einfach, aber ausreichend gewesen. Ich hatte ihn einmal ausprobiert, und er hatte gut gebrannt und nicht gequalmt. Er war kein Kunstwerk gewesen, hatte aber gut ins Wohnzimmer gepaßt.

»Der Kamin ist doch völlig in Ordnung.«

Joyce klopfte sich den Staub von der Bluse. »Ich habe ihn immer gehaßt. Vom ersten Tag an.«

»Aber du hättest erst mit mir darüber reden sollen.«

»Warum? Das MUSSTE einfach sein.«

»Das mußte NICHT einfach sein.«

»Der mußte raus.«

»Was stimmt denn nicht mit ihm?«

Er deutete auf Joyce's staubbedeckten Bauch. »Frag meinen Enkelsohn da. Der will keinen Los Angeles Kamin. Der will 'n Kamin, den sein Opa gebaut hat.«

Flatternd vor Aufregung zeigte mir Joyce den Entwurf, den Papa auf ein großes Stück Papier gemalt hatte. Es sollte eine gewaltige Feuerstelle werden, fast zwei Meter hoch und drei Meter breit und aus Naturstein zusammengefügt. Schwarzer Mörtel sollte die Ritzen füllen. Ein dicker, unbehauener Stein würde den Kaminsims bilden. Den eingezeichneten Maßen nach würde er genau doppelt so groß werden wie der Kamin, den sie gerade abrissen. Er war wirklich und wahrhaftig wunderbar. Er gehörte in ein Landhaus in der Schweiz, ein Jagdschloß oder in einen Elk's Club.

»Aber dafür mußt du auch ein Stück Hauswand einreißen«, sagte ich.

»Laß mich nur machen«, antwortete Papa.

Joyce breitete verzückt die Arme aus.

»Der Kamin wird wunderschön werden. So

groß und stattlich. Und wir werden es so warm und gemütlich haben.«

»Toll«, sagte ich. »Besonders, wenn es zwanzig Grad unter Null ist und vier Meter Schnee den Verkehr auf dem Wilshire Boulevard lahmlegen.«

»Für meinen Enkelsohn«, meinte Papa verträumt. »Der Kamin hält tausend Jahre. Nichts auf der Welt wird ihn kaputtmachen. Der hält länger als sonst was in Los Angeles.«

Ich stellte mir das bildlich vor. Nicht in tausend, sondern in höchstens zehn oder fünfzehn Jahren, wenn unser Haus zweifellos abgerissen werden würde, um Platz zu machen für einen Parkplatz. Die Autos würden hin und her fahren, aber immer um Papas unzerstörbaren Kamin herum, weil der allen Versuchen, ihn abzureißen, widerstanden hatte.

»Papa«, fragte ich. »Wann reparierst du das Loch im Küchenfußboden?«

»Das ist nichts für mich. Hol dir einen Zimmermann.«

Ich war gegen dieses Ding. Es hatte etwas Irrsinniges an sich. Nun kamen unruhige Tage. Das Baumaterial wurde geliefert. Es wurde auf dem Rasen vor dem Haus abgeladen. Vier

Tonnen Naturstein, ein Berg Sand, ein Haufen Backsteine, Säcke voll Zement, Bauholz. Tage voller Sorgen, große Löcher in meinem Haus, eine schwangere Frau, die sich jetzt als Helfer auf dem Bau gebärdete, und ein alter Mann mit einer Leidenschaft für das Mauern.

Der Mörtel faszinierte sie. Papa baute einen Holztrog, in der er gemischt werden sollte: Kalk, Sand, Zement und schwarze Farbe. Sie konnte dem Zeug nicht widerstehen. Sie kaufte Arbeitshandschuhe und einen breitkrempigen mexikanischen Hut. Den ganzen Tag lang stocherte sie mit einer Hacke im Mörtel, knetete ihn, streichelte ihn, schüttete Wasser dazu. Sie war wie ein Kind, das Matschkuchen macht. Der Mörtel bespritzte ihre Schuhe und bekleckerte ihre Hosen. Eine schwangere Frau sollte keinen Mörtel rühren. Das wird in keinem der Bücher empfohlen. Ich riet ihr, es nicht zu übertreiben. Sie machte sich lustig über mich. Sie bestritt es. Aber das Zeug hinterließ verräterische schwarze Spuren auf ihren Sandalen, ihren Ellbogen und ihrem Haar. Trotz der Arbeitshandschuhe bekam sie eine Blase am Daumen.

»Ich habe mir den Daumen am Ofen verbrannt«, log sie.

Papa machte die schwere Arbeit. Er mischte

den Mörtel, schleppte ihn in Eimern zum Kamin, kippte ihn auf das Mörtelbrett. Er schnitt die Steine zurecht, stapelte sie in eine Schubkarre und schaffte sie zum Kamin. Er hantierte mit den Backsteinen. Aber sie war ständig in seiner Nähe. Bestimmte Steine gefielen ihr; egal, ob groß oder klein, sie schleppte sie zur Baustelle. Es seien schöne Steine, sagte sie, und man sollte sie an der Kaminwand sehen. Aber die Steine waren schwer, und sie zerrte sie, schob sie, versuchte sie hochzuheben. Dann wieder zurück zum Mörtel.

»Gib ein bißchen Wasser zu, Miss Joyce.«

Sie gab ein bißchen Wasser zu, dann stocherte sie darin herum und rührte ihn glatt. Oder sie saß und schaute ihm bei der Arbeit zu, und er verlangte Werkzeuge.

»Hammer.«

»Wasserwaage.«

»Kelle.«

Eines Mittags ertappte ich sie auf frischer Tat, als sie auf dem Rasen vor dem Haus Sand in den Trog schaufelte. Sie konnte es nicht leugnen, weil sie höchstens drei Meter von mir entfernt mit der Schaufel in der Hand dastand. Schweißtropfen klebten ihr an den Schläfen. Ich nahm ihr die Schaufel weg. »Hör auf, dich wie ein Dummkopf zu benehmen.«

Sie warf den Kopf in den Nacken und segelte ins Haus. Ich folgte ihr. Sie stand am Kamin, die Arme verschränkt, die Augen schuldig und abgewandt.

»Mach so weiter, und du hast eine Fehlgeburt.«

»Wer hat 'ne Fehlgeburt?« fragte Papa.

»Ich will nicht, daß sie schleppt oder schaufelt.«

»Das schadet ihr nichts.«

»Ich will nichts riskieren.«

»Das schadet ihr nichts. Zuhause in den Abruzzen arbeitet 'ne Frau bis zum letzten Moment, wäscht, macht sauber, is auf'm Feld. Is gut für 'ne Mutter. Macht starke Muskeln.«

Sie wandte sich ihm zu. »Es hat nur ein bißchen Sand gefehlt, Papa. Eine Schaufel oder zwei.«

»Ne Schaufel oder zwei schadet nichts.« Er schaute sie an, sein Blick wurde weich und freudig.

»Hübscher kleiner Junge. Opas Junge.«

»Schau, Papa. Sie ist meine Frau. Sie wird sich ihre Gesundheit kaputtmachen. Hier ist nicht Italien. Sie ist nicht daran gewöhnt.«

»Und er ist mein Enkelkind. Und ihm wird nichts fehlen.«

Sie hatten sich gegen mich verbündet, und zwischen uns stand eine Wand, ein Kamin. In der Stille der Nacht ging ich zu ihr, schlich mich auf Zehenspitzen an dem Zimmer vorbei, aus dem Papas Schnarchen wie Fliegeralarm ertönte. Ihr Blick war glasig vom Kirchenrecht, sie war überrascht von meinem Besuch und gleich wieder in ihr Buch vertieft.

»Wie fühlst du dich?«

»Gut.«

»Jetzt dauert es nicht mehr lange.«

Schweigen.

»Inzwischen ist es mir egal«, sagte ich. »Junge oder Mädchen, mir ist beides recht.«

Schweigen.

»Du mußt von jetzt an sehr vorsichtig sein.«

Sie legte das Buch zur Seite, nahm ihre Lesebrille ab und starrte mich eigenartig an.

»Falls ich sterbe, kannst du meine Schwester nicht heiraten.«

»Ich will deine Schwester gar nicht heiraten.«

»Sie ist sehr attraktiv. Aber du kannst sie nie heiraten. Niemals. Das ist kanonisches Recht.«

»Aber deine Schwester interessiert mich nicht.«

»Es würde dir nichts nützen, selbst wenn sie dich interessierte.«

»Aber sie tut's nicht.«

»Das ist ein sehr gutes Gesetz. Ein sehr kluges Gesetz.«

»Weshalb meinst du, daß du sterben wirst?«

»Ich werde nicht sterben, Ich habe gesagt: FALLS ich sterbe.«

Unheilverkündende Worte. Ahnte sie in ihrem Innersten eine Tragödie voraus? Welche Bewegung in den verborgenen Winkeln ihrer Seele war der Grund dafür, daß diese Phase des kanonischen Rechts sie so faszinierte? Umsichtig erwog ich die Lage. Meine Gedanken wanderten zu Dr. Stanley. Wenn wir ihn in der Vergangenheit nicht so sehr belästigt hätten, ich hätte ihn angerufen. Aber wir hatten zu oft Feuer geschrien. Wenn es doch unter meinen Freunden eine Mutter gäbe, die mit diesem dummen Mädchen darüber hätte reden können, wie idiotisch es war, schwer zu heben. Aber ich kannte keine Mütter. Ich kannte viele Ehefrauen, aber keine Mütter.

Oh, die Tage beschämender Tricks. Denn jetzt versuchte ich, sie auf frischer Tat zu ertappen. Wenn ich aus dem Studio nach Hause fuhr, bog ich von Norden her in die Straße ein statt von Süden und hoffte, sie am Mörteltrog zu erwischen.

Einmal parkte ich eine Straßenecke weiter

und ging den Rest zu Fuß. Dieses Mal war sie nicht vor dem Haus.

Und dann erwischte ich sie das nächste Mal. An diesem Nachmittag hörte ich um zwei auf zu arbeiten, fuhr bis zur letzten Querstraße vor meinem Haus und parkte an der Ecke. Dann ging ich zu Fuß. Aus der Entfernung überraschte ich sie. Sie lag neben einem Steinhaufen auf den Knien, ihre beiden kleinen Hände umklammerten den kurzen Griff eines Vorschlaghammers. Sie bearbeitete einen Stein und zerschlug ihn für die Kaminwand in kleinere Stücke. Mit einem Schrei rannte ich auf sie zu. Sie ließ den Hammer fallen, unterdrückte ein Schluchzen und stürzte ins Haus. Ich sprang über den Zaun und blieb ihr auf den Fersen. Sie war nicht im Wohnzimmer. Papa stand am Kamin, die Kelle in der Hand.

»Wo ist meine Frau?«

Er zuckte unschuldig die Achseln.

Ich ging in den ersten Stock. Sie hatte sich im Badezimmer eingesperrt. Ich konnte das Rauschen des Wassers in der Dusche hören. Ich ging in ihr Schlafzimmer. Alles war vorbereitet für das wichtigste Ereignis ihres Lebens. Vor einer Woche hatte sie eine Tasche gepackt für ihre Zeit im Krankenhaus.

Die Tasche stand aufgeklappt auf einem

Tischchen, und ich schaute hinein. Kämme, eine Bürste, ein Handspiegel. Eine Uhr. Pantoffeln. Briefpapier. Ein Füller. Nachthemden. Ein Morgenmantel. Ein Nagelnecessaire. Kölnischwasser. Ein paar Taschentücher, ein paar Haarklemmen. Die vielen kleinen Dinge im Leben einer Frau. In einer Ecke stapelten sich die Geschenke für das Baby, die ihre Freundinnen ihr gemacht hatten: Spielzeug, Fläschchen, Tücher, Babysachen, ein kleiner Silberteller, eine winzige Gabel und Löffel. Von ihrem Schlafzimmer ging die Glasveranda ab, die sie zum Kinderzimmer bestimmt hatte. Hier standen eine Wiege, eine Kommode, eine Tragetasche, ein Schaukelpferd, eine Puppe. Rosa war das Leitmotiv. Rosa für Mädchen. Rosa Vorhänge, rosa Schleifen.

Meinetwegen auch ein Mädchen. Aber Junge oder Mädchen, gib ihm eine Chance, laß es leben! Die Zeit für eine Standpauke war gekommen. Die Badezimmertür öffnete sich, und sie trat ins Zimmer. Sie sah mich und war nicht überrascht. Die Dusche hatte ihr die Schminke vom Gesicht gewaschen, ihre Lippen waren blaß, und ihre nassen Haare hingen wirr wie ein Mop.

»Also?« fragte sie.

»Ich will mit dir reden.«

»Tatsächlich?«

Sie fing an, sich die Haare zu bürsten.

»Ich will, daß du mit diesem Unsinn aufhörst. Kein Heben mehr. Kein Steineklopfen mehr.«

»Ist das alles?«

Ich wollte sie schütteln.

»Ich habe eine Entscheidung getroffen. Hör auf damit, oder ich verlasse das Haus.«

Sie lächelte und warf ihr nasses Haar in den Nacken.

»Du kannst jederzeit gehen.«

»Ist das deine Entscheidung?«

»Ja, Liebling.«

Grimmig verließ ich das Zimmer. Sie hatte sich entschieden. Sie ganz allein. Aber ich ging nicht. Man kann sie nicht verlassen, wenn sie in diesem Zustand sind. Es erfordert großes Feingefühl. Man sollte auch keine voreiligen Behauptungen aufstellen. Es erfordert große Selbstbeherrschung, aber man kann nicht gehen.

Siebtes Kapitel

Strafe war unvermeidlich. Zwei Nächte danach bezahlte sie für ihre Verrücktheit. Es war zehn Minuten nach Mitternacht, als sie in mein Zimmer kam. Ein Blick auf ihr kalkweißes Gesicht und die aufgerissenen Augen, und ich wußte, ihre Zeit war gekommen. Dr. Stanley hatte die ersten Wehen für den fünfundzwanzigsten vorausgesagt. Heute war der zwölfte. Aber Dr. Stanley hatte den Kraftakt des Mörtelmischens und Steinezertrümmerns nicht vorhergesehen.

Sie lehnte in der Tür, eine Hand auf der Beule, die andere an die Stirn gepreßt und sagte: »Ich glaube, das Baby kommt.«

Ich sprang aus dem Bett. Als Krämpfe sie packten, biß sie die Zähne zusammen und schaute schwer atmend auf ihre Armbanduhr.

»Alle neun Minuten. Sie werden schlimmer.«

Ich brachte Joyce zum Bett. Auf ihren Schläfen standen Schweißtropfen, und sie zitterte. Ihre Hand in der meinen war heiß und naß und bebte. Gemeinsam starrten wir auf die Armbanduhr. Zehn Minuten, dann kam die nächste Wehe. Sie dauerte dreißig Sekunden. Joyce überstand sie mit zusammengebissenen Zähnen und geballten Fäusten. Mir fielen Warnungen aus den Büchern ein.

»Was ist mit der Fruchtblase?«

»Ruf Dr. Stanley an. Bring mich ins Krankenhaus.«

Ich rannte hinunter und rief den Arzt an. Eine Krankenschwester kam ans Telefon. Sie würde meinen Anruf ausrichten; der Arzt riefe zurück. Im ersten Stock lag Joyce ausgestreckt auf dem Bett. Ich rief Papa.

»Das Kind kommt.«

Schlagartig war er wach.

»Wo?« Er saß senkrecht. »Das Kind?« Er war aus dem Bett. »Wie?«

In seinen langen Unterhosen stolperte er aus der Dunkelheit. Joyce stöhnte. Papa zog seine Latzhose an. Ich ging zurück ins Schlafzimmer. Joyce lag mit geschlossenen Augen da.

»Was ist mit der Fruchtblase?«

»Gib mir 'ne Zigarette«, ächzte sie.

Papa knöpfte im Hereinkommen seine Träger

zu. Mit einem Blick hatte er die Situation erfaßt.

»Du. Geh runter und mach Wasser heiß.«

»Wofür?«

»Tu, was ich dir sage.«

Ich konnte mich nicht bewegen. Mein Leben lang hatte ich gewußt, daß in solchen Situationen Wasser heißgemacht wurde. Was machten die damit?

»Wir müssen sie ins Krankenhaus bringen.«

»Verdammt nochmal. Setz Wasser auf.«

Er packte mich am Kragen und schob mich zur Tür hinaus. Auf dem Weg in die Küche wußte ich, daß das Irrsinn war. Das Krankenhaus war nur zehn Minuten entfernt. Ich füllte den Teekessel mit Wasser, stellte ihn auf die Gasflamme und rannte nach oben. Papa saß neben Joyce und hielt ihre Hand.

»Hast du Dr. Stanley angerufen?«

»Die Schwester sagt ihm Bescheid.«

»Ruf Pater Gondalfo an. Ich will getauft werden.«

»Heißes Wasser«, sagte Papa.

Das Telefon klingelte. Ich rannte die Treppe runter. Es war die Stimme von Dr. Stanley.

»Das Kind kommt, Doktor.«

»Scheint mir ein bißchen früh. Hat sie Wehen?«

»Sie hat schreckliche Schmerzen.«

»Kommen die Schmerzen regelmäßig? Hat sie die Zeitabstände gemessen?«

»Alle zehn Minuten. Sie hat schreckliche Schmerzen.«

»Bringen Sie sie lieber her.«

»In Ordnung, Doktor.«

Ich rannte nach oben.

»Mach dich fertig, Schatz. Wir fahren ins Krankenhaus.«

»Heißes Wasser«, brüllte Papa.

»Ruf Pater Gondalfo«, stöhnte Joyce. »Ich will getauft werden.«

In der Küche begann der Teekessel zu pfeifen und kreischte schließlich, als das Wasser aufkochte. Ich rief Pater Gondalfo an. Er versprach, in einer Viertelstunde im Krankenhaus zu sein. Ich packte den Teekessel und trug ihn nach oben. Joyce war in ihrem Zimmer, saß auf dem Bett, einen Pelzmantel um die Schultern und Pantoffeln an den Füßen. Papa riß mir den Kessel aus der Hand.

»Hol das Auto. Fahr's vors Haus.«

Er stürzte mit dem Kessel ins Badezimmer. Ich folgte ihm. Das wollte ich sehen.

»Nun mach schon«, sagte er. »Das Auto.«

Ich stand einfach da. Ich wollte nicht, daß er irgendeine von seinen Abruzzentechniken an

Joyce ausprobierte. Er nahm eine Flasche Brandy aus dem Medizinschränkchen und goß eine ordentliche Portion in ein Wasserglas. Dann kippte er heißes Wasser zu und hielt die Mischung gegen das Licht.

»Was hast du vor?«

»Was glaubst du?«

Mit einem atemlosen Schluck kippte er die Mischung in sich hinein. Sie brannte, bis sie im Magen angekommen war.

»Aahh!« sagte er. »Jetzt geht's mir besser. Steh hier nich rum. Vorwärts.«

Ich rannte nach unten, holte das Auto aus der Garage und fuhr es vor das Haus. Sie warteten am Straßenrand auf mich. Wir saßen zu dritt vorne. Papa legte seinen Arm um Joyce. Sie hatte keine Schmerzen.

Auf dem Weg ins Krankenhaus kam keine einzige Wehe. Nichts von alledem deutete auf nahende Vaterschaft hin, und ich hatte das dumpfe Gefühl, daß die ganze Geschichte falscher Alarm war. Es wirkte eher wie Hysterie denn wie Vaterschaft. Es schien konturenlos, wie eine Rauchwolke, eine unerklärte Explosion. Ich spielte mit, weil ich nicht sicher sein konnte. Auf Joyce's Gesicht standen jetzt Vorsicht, Sorge und Selbstbeherrschung. Papa hatte eine kalte Zigarre im Mund.

»Es wird schon gutgehen«, sagte er.

Die Behauptung hatte kein Gewicht, keine Ehrlichkeit. Je näher wir dem Krankenhaus kamen, desto größer wurde unsere unausgesprochene Gewißheit, daß an der ganzen Geschichte was nicht stimmte.

Dann sagte ich es. Ich mußte es sagen: »Vielleicht ist es noch nicht soweit, mein Schatz.«

Das Resultat war ein angeekeltes Aufheulen von Joyce.

»O bitte!« weinte sie. »Das darfst du nicht mal DENKEN! Ich sterbe, wenn du das tust.«

Papa streckte die linke Hand aus und zog mich an den Haaren.

»Laß sie in Ruhe, du verdammter Idiot.«

»Es war ja nur so ein Gedanke.«

»Halt den Mund. Nach allem, was DU angerichtet hast.«

»Ich? Ich habe doch nichts gemacht.«

Zuerst verstand ich nicht, was er meinte. Ich schaute ihn an. Seine Augen blitzten und funkelten vor Wut. Es war ein Sturz in sein Innerstes. Dann hatte ich begriffen. Er dachte noch immer daran, wie ich seine Zementmischmaschine verkauft hatte, um mir ein Fahrrad zu kaufen. Das war fast zwanzig Jahre her, aber da war sie wieder, die alte Bitterkeit; da flammte sie auf, zu diesem merkwürdigen Zeitpunkt.

»Bitte, Papa. Fang nicht wieder DAVON an.«

Die Zigarre zitterte mit seinem Kinn. Die alte Bitterkeit hatte ihm die Sprache verschlagen.

Joyce begann zu schluchzen.

»Ich fühle mich so schrecklich.«

Sein Arm legte sich fester um ihre Schultern.

»Wenn das Kind da ist, kommst du und wohnst bei Mama und mir«, tröstete er. »Bleib nich bei diesem Kerl. Der macht nur Ärger. Hätte ihn ins Heim geben sollen.«

Ich umklammerte das Lenkrad und hielt den Mund. Wir kamen zum Rondell vor dem Haupteingang des Krankenhauses. Auf den Stufen stand drohend die große Gestalt des Pater Gondalfo. Er öffnete die Tür, sowie ich vorgefahren war.

»Oh, Pater«, schluchzte Joyce.

Papa stieg aus. Die beiden Männer halfen Joyce aus dem Auto. Ihre Augen waren tränennaß. Der Priester legte ihr seine großen Hände auf die Schultern und tröstete sie.

Sie schluchzte leise. Papa und Pater Gondalfo wechselten ein paar Worte in prasselndem Italienisch. Sie ruderten mit den Armen, schüttelten die Köpfe, runzelten die Stirn, grunzten, höhnten, lächelten, ächzten, rollten die Augen, zogen Grimassen, schwankten, deuteten auf mich, versanken schließlich in brütendes Schweigen und schauten einander in unglücklicher Verwirrung an. Dann schob der riesige Priester seinen Kopf zur Autotür herein und schaute mich an. Seine schwarzen Augen fraßen mich auf.

»Du da. Park das Auto.«

Warum nicht? Zu einer Zeit wie dieser war es die heilige Pflicht eines Vaters, sein Auto zu parken. Ich fuhr über die Straße zum großen Parkplatz des Krankenhauses. Als ich zum Eingang zurückkam, waren sie verschwunden. Ich ging hinein. Sie hatten den Aufzug genommen und waren schon irgendwo in den oberen Stockwerken. Ich fragte die Krankenschwester am Empfang, wo sie sein könnten. Die wollte es mir nicht sagen. Ich mußte mehrere Papiere unterschreiben, bevor sie bereit war, darüber zu reden. Dann sagte sie mir, ich sollte zur Schwester im zwölften Stock gehen.

Dort war es auch nicht besser. Ich konnte nichts herausbekommen. Papa und Pater Gondalfo waren nirgends zu entdecken. Die Oberschwester ließ mich wissen, daß Joyce von Dr. Stanley untersucht wurde. Sie war eine kleine

Frau mit großem Busen, rotem Gesicht und Muskelpaketen an den Armen. Sie hatte zu viel zu tun, um mit mir zu reden. Ihr Schreibtisch war voller Papiere und Akten.

»In welchem Zimmer ist sie denn?« wollte ich wissen.

»Sie können sie jetzt sowieso nicht sehen.«

»Aber ich bin ihr Mann.«

»Ich dachte, der alte Mann wäre ihr Mann.«

»Das ist der Mann meiner Mutter. Mein Vater.«

Sie kehrte zu ihren Papieren zurück. Andere Schwestern kamen und gingen. Ich stand da und versuchte, niemand im Weg zu sein. Das Telefon klingelte ununterbrochen. Ein Assistenzarzt sagte der Oberschwester, daß Nummer 1231 Orangensaft wolle. Sie schnaubte verächtlich und meinte: »Keinen Orangensaft.«

An der gegenüberliegenden Wand war ein Leuchtkasten mit einer Glasscheibe. Auf der Glasscheibe leuchtete immer wieder eine Nummer auf, verlöschte, leuchtete wieder auf. Nummer 1214. Sie kam und ging mit aufgeregter Dringlichkeit. Keiner beachtete sie. Weder Schwestern noch Assistenzärzte.

»Ist meine Frau in 1214?«

»Nein.«

Ich nickte in Richtung Glasscheibe.

»Jemand in 1214 hat einen Wunsch.«

»Junger Mann, bitte gehen Sie zu 1245 und setzen Sie sich hin.«

Ich schaute mich um und suchte 1245. Ich ging den Gang entlang und dann einen anderen. Ich konnte die Nummer nicht finden. Die Zimmer waren fortlaufend numeriert, und dann kam eine Reihe nicht numerierter Türen. Ich probierte eine Tür ohne Nummer, und eine Frau saß im Bett und sagte: »Machen Sie, daß Sie rauskommen.« Schließlich fand ich den Weg zurück zur Oberschwester. »Anscheinend kann ich die Nummer 1245 nicht finden.«

Sie war von meiner ungeheuren Dummheit überzeugt, denn 1245 war direkt neben ihrem Schreibtisch. Sie sprach nicht einmal mit mir; sie schaute nur die Tür an und verdrehte dann die Augen in meine Richtung. Ich bedankte mich, aber sie machte aus ihrer schlechten Meinung von mir kein Geheimnis.

Papa und Pater Gondalfo saßen in 1245. Sie erstarrten, als ich hereinkam. Papa drehte mir den Rücken zu. Pater Gondalfo wartete, bis ich in einem der Ledersessel saß.

»Ein Mann und seine Frau haben viele Probleme«, fing er an. »Manchmal scheinen sie schier unerträglich. Beide verlieren die Beherrschung. Es ist nur menschlich, die Beherrschung zu verlieren.«

»Wo ist sie?« unterbrach ich. »Was haben die mit ihr gemacht?«

»Jetzt will er's wissen«, höhnte Papa. »Nach allem, was er getan hat.«

Pater Gondalfo hob friedensstiftend die Hand. Papa ignorierte es.

»Ich hab gesehen, wie dieser Bengel sie die Treppe hochgejagt hat. Sie mußte sich im Klo einschließen. Und da is es passiert, als sie die Treppe hochgerannt ist.«

»Wir wollen keine voreiligen Schlüsse ziehen«, sagte der Priester. »Wir wollen warten, bis wir wissen, was der Doktor meint.«

»Hoffentlich ist meinem Enkel nichts passiert«, sagte Papa. »Ich bring ihn um, wenn irgendwas passiert ist.«

Ich hatte ihn satt.

»Ach, halt den Mund, Papa.«

Er starrte den Priester bedeutungsvoll an. Endlich hatte er die Bestätigung. Endlich hatte ich meine Nichtswürdigkeit bewiesen. Seine Latzhose und seine zerfetzten Schuhe machten die Sache auch nicht besser.

Dann betraten Joyce und Dr. Stanley das Zimmer. Sie war ruhig, geläutert und wirkte schwangerer denn je.

»Packen Sie sie gut ein und bringen Sie sie nach Hause«, lächelte der Arzt.

»Alles in Ordnung?« fragte Papa.

»Alles wunderbar. Kommen Sie in etwa einer Woche wieder.«

»Ich schäme mich so«, sagte Joyce.

»Sowas passiert alle Tage. Denken Sie nicht mehr daran.«

»Die Fruchtblase hat nichts gemacht«, sagte ich. »Das war das Zeichen.«

»Du und deine Fruchtblase«, sagte Joyce.

Sie war verändert, demütiger. Es war zum großen Teil Verlegenheit. Sie wollte aus dem Krankenhaus weg. Der Arzt folgte uns, während wir zum Aufzug wanderten. Sie zog den Pelz um sich und versteckte ihr Gesicht darin. Es gab sehr wenig zu sagen. Wir verließen den Ort ohne Baby, mit leeren Händen. Der große Priester überragte uns. In tiefem Schweigen warteten wir auf den Aufzug. Papa sah aus wie ein Penner. Ich stellte mich hinter eine Säule und aus dem Blickfeld der zynischen Schwestern. Ich war genauso verlegen wie Joyce. Wir schienen ständig in dieses Krankenhaus zu kommen und dann wieder zu gehen.

Immer wieder machten wir diesem Arzt Umstände. Wahrscheinlich hatten wir ihn aus dem Tiefschlaf gerissen.

Er hatte kein Kind geholt. Jetzt gingen wir nach Hause. Die Prozedur schien sich endlos und bis in alle Ewigkeit hinzuziehen. Nächste Woche würden wir das alles wiederholen.

Der Aufzug kam, und wir stiegen ein: eine schwangere Frau, ihr Mann, ihr Schwiegervater und ihr geistlicher Berater. Mit dem alten Mann, der den Aufzug bediente, waren wir zu fünft. Es war ein riesiger Aufzug, groß wie ein Ballsaal. Dreißig Leute hätten problemlos darin Platz gefunden, ohne sich zu drängeln. Aber so, wie wir darin standen und uns nochmal von dem lächelnden Arzt verabschiedeten, war kaum genug Raum zum Atmen. Der Berg unter dem Pelzmantel schien den ganzen Aufzug auszufüllen. Zu einem großen Paket Mensch zusammengedrückt fuhren wir in verbissenem Schweigen nach unten. Erst als wir im Parterre angekommen waren, kehrte ein Gefühl von Freiheit zurück.

Dann sagte Joyce: »Ich habe meine Tasche vergessen.«

Alle schauten mich an.

Warum nicht? Wer sonst?

Ich fuhr mit dem Aufzug zurück in den zwölften Stock.

Die Tasche stand neben dem Schreibtisch der Oberschwester.

Ich hob sie hoch.

»Moment mal.«

»Die gehört meiner Frau. Sie bleibt nicht. Sie hat sie vergessen.«

»Wie heißen Sie?«

Ich sagte es ihr.

»So heißt der alte Mann.«

»Das ist mein Vater.«

»Sie sind der Ehemann?

»Stimmt.«

Schweigen.

»Darf ich die Tasche mitnehmen?«

»Sie gehört Ihnen doch, oder?«

Ich fuhr wieder hinunter. Sie warteten auf der Treppe vor dem Gebäude.

»Hol das Auto«, sagte Papa.

Ich holte das Auto. Papa und Joyce ließen sich auf dem Beifahrersitz nieder. Pater Gondalfo war mit dem Auto der Gemeinde gekommen. Wir dankten ihm für seine Mühe.

»Es ist Gottes Wille«, sagte er zu Joyce. »Und es ist gut so. Jetzt haben Sie noch genug Zeit, alles zu lernen.«

Wir verabschiedeten uns. Er ging zum Parkplatz. Der Kies knirschte unter seinen Füßen. Ich fuhr davon.

Joyce saß still da, voller Trauer und neuer Weisheit.

Ich beugte mich zu ihr und küßte sie.
»Wie fühlst du dich?«
»Sehr müde. Und sehr dumm.«
Von Papa kam ein tiefer Seufzer.
»Einen Sohn zu machen braucht viel Zeit.«

Achtes Kapitel

Frieden in meinem Haus, Stille, eine Zeit tiefer Ruhe. Und wieder wurde sie andere Frau. Sie war jetzt dem Märchen entstiegen, den Romanen, von Inbegriff der Mutterschaft, eine Frau in Erwartung. Kein Mörtelrühren mehr und kein Steineklopfen. Noch nie hatte ich sie so schön gesehen. Sie ging auf leisen Sohlen umher, und ein anderes Parfum umschwebte sie. Jeden Morgen ging sie in die Frühmesse. Jeden Nachmittag besuchte sie das Pfarrhaus zum Taufunterricht. Pater Gondalfo ging schnell vor, aber das geschah, weil sie es so wollte. Abends ging ich mit ihr zur Kirche. Sie betete den Rosenkranz, ging den Kreuzweg oder saß einfach still da, die Hände im Schoß gefaltet.

Es war eine merkwürdige Zeit für mich. Ich saß neben ihr, war nicht in der Lage zu beten, ein Gefühl für Christus zu artikulieren. Aber es kam alles wieder, die Erinnerung an die Zeit, als ich noch ein Junge war und dieser kühle und melancholische Ort mir so viel bedeutet hatte. Sie war immer davon ausgegangen, daß ich mit ihr zusammen zurückkehren würde. Es schien das Richtige zu sein. Irgendwie würde das alte Gefühl wiederkommen; meine Seele würde die Finger ausstrecken und die reiche wunderbare Freude des Glaubens berühren. Irgendwie hatte ich gespürt, daß es immer da war, daß ich nur darauf zugehen und leise den Wunsch murmeln mußte, und er würde mich einhüllen in den unendlichen Trost des Bauch Gottes. Der Geruch des Weihrauchs, das Knarren der Bänke, das Spiel der Sonnenstrahlen in den farbigen Glasfenstern, die kühle Berührung des Weihwassers, das Gelächter der kleinen Kerzen, das überwältigende Zurückreichen in Vergangenheit, die verblüffende Erkenntnis, daß unzählige Millionen vor mir gekommen und gegangen waren, daß noch Milliarden in einer Million Morgen kommen und gehen würden. Das waren meine Gedanken, während ich so neben meiner Frau saß. Das und die allmähliche Erkenntnis, daß ich mich geirrt hatte, daß es nicht einfach war, zur Kirche zurückzukehren, daß die Kirche unwandelbar immer da war, aber daß ich mich verändert hatte. Der Lauf der Jahre hatte mich bedeckt wie eine Sanddüne. Es war nicht einfach, sich zur Oberfläche durchzuarbeiten. Es war nicht einfach, mit schwacher Stimme zu rufen und das Gefühl zu haben, daß ich gehört würde. Ich saß neben ihr, und ich wußte, daß es sehr schwer werden würde. Nein, ich wußte vielmehr, daß es so gut wie unmöglich war.

Ich saß neben ihr und genoß das Gefühl, auf eine neue Art zu denken. Die Gedanken waren hier anders. Draußen, vor diesen schweren Eichentüren, dachte man an Steuern und Versicherungen, an Abblenden und Überblendungen, man erwog die Frage von Manhattans oder Martinis, man unterstellte seinem Agenten Betrug, dem Freund Treulosigkeit und dem Nachbarn Dummheit. Und doch konnte ich neben ihr vor dem Altar sitzen, ihre kleinen Hände wunderschön in grünen Kinderhandschuhen, und ich konnte sie bewundern für die Schönheit ihrer Mühen, das Ringen ihres Herzens, die große Kraft, die ihr den Wunsch eingab, eine gute Frau sein zu wollen, demütig und Gott dankbar. Ich konnte neben ihr sitzen, und meine Lippen waren trocken, weil ihnen die Worte fehlten. Ich, der Wortgewaltige, und die Seiten meiner Seele waren leer und unbeschrieben, und eine nach der anderen blätterte ich um und suchte einen Reim, ein paar verstreute Worte, um zu sagen, daß ich an diesem Ort nicht an Steuern und Versicherungen dachte, und daß mein Agent, mein Nachbar und mein Freund irgendwie körperlos waren; sie gewannen Geistigkeit, Schönheit. Sie waren Wesen an sich und keine Kreaturen, sie waren Seelen und keine Schweine.

Dennoch, trotz alledem, war ich nicht bereit. Als Katholik erzogen, konnte ich mich nicht dazu überwinden, zurückzugehen. Vielleicht erwartete ich zu viel; einen Schauder freudigen Wiedererkennens, die überwältigende Herrlichkeit einer wiedererwachten Frömmigkeit. Was immer es war, ich konnte nicht zurück. Vor mir lag die Straße, die Wegweiser ließen keinen Zweifel am Weg zum Seelenfrieden. Ich konnte diese Straße nicht gehen. Ich konnte nicht glauben, daß es so einfach war. Ich war sicher, daß im nächsten Tal Unheil lauerte.

Vier Tage bevor das Kind geboren wurde, trat Joyce in die Kirche ein. Sie wurde Joyce Elisabeth getauft. Die Zeremonie fand abends am Taufbecken in der Kirche St. Bonifatius statt. Ihre Taufpatin war Mrs. Sandoval, unsere

Nachbarin von gegenüber. Sie war eine große, freundliche Frau um die sechzig. Pater Gondalfo hatte sie ausgesucht, weil sie in unserer Nähe wohnte, und weil wir in der Stadt keine Katholiken kannten.

Joyce's Glück war geradezu furchterregend. Als Pater Gondalfo das Taufgebet sprach, erst auf lateinisch, dann auf englisch, flossen die Tränen ungehemmt über ihre Wangen und platschten auf ihren Bauch. Ihre Art glücklich zu sein war niederschmetternd. Sie war geradezu gramgebeugt vor Glück. Ich stand mit meinem Vater im Hintergrund, schaute zu und lauschte ihrem Schluchzen, das in der leeren Kirche widerhallte wie Flügelschlagen.

Wir waren alle sehr erschüttert. Papa trocknete sich mit einem großen blauen Taschentuch das Gesicht. Mrs. Sandoval lächelte tapfer und schämte sich ihrer Tränen nicht. Die Zeremonie war lang, weil der Priester ihr auch die Absolution erteilte. Damit war sie nicht nur von der Erbsünde gereinigt, sondern auch von allen Sünden ihres bisherigen Lebens. Sie weinte ununterbrochen, bis auch Pater Gondalfo kein Wort mehr herausbekam, er nichts mehr sehen konnte, die Zeremonie unterbrach, unter seinem Talar ein Taschentuch hervorkramte und sich die Augen wischte.

»Wir sollten nicht weinen«, flüsterte er. »Dies ist die Zeit, glücklich zu sein.«

Das löste bei Joyce neue Tränenfluten aus. Papa und ich führten sie zu einer der Bänke, wo sie schwerfällig niederkniete. Auf ihrem Gesicht waren Schminke, Mascara und Tränen verschmiert.

»Es tut mir leid«, schluchzte sie. »Es tut mir schrecklich leid, aber ich kann nichts dagegen tun. Ich bin so glücklich.«

»Dein Gesicht sieht schrecklich aus«, sagte ich.

Sofort hörte sie auf zu weinen. Sie öffnete ihr Schminktäschchen und richtete ihr Gesicht wieder her. Ohne ein Wort kehrte sie zum Taufbecken zurück, und die Zeremonie wurde fortgesetzt. Ruhig, die Augen niedergeschlagen, die Hände gefaltet, erlebte sie die Reinigung der Seele. Dann war es vorbei. Es war vorbei für Joyce, aber nicht für mich.

Danach versammelten wir uns vor der Kirche. Mrs. Sandoval hatte ein Taufgeschenk für Joyce – eine silberne Christopherus-Plakette. Joyce war entzückt von ihrer Patin. Arm in Arm gingen beide zu Mrs. Sandovals Auto. Wir winkten zum Abschied, als die ältere Frau davonfuhr.

Der Augenblick, den ich gefürchtet hatte,

war jetzt gekommen. Ich schaute meine Frau an. Sie hatte Sterne im Haar, Sterne in den Augen, die – noch vor kurzem voller Tränen – jetzt in höchstem Glück strahlten. Es schien absurd, daß ihre Taufe einen großen Unterschied machen sollte, und trotzdem war es so. Sie war nicht die alte Joyce. Sie war nicht einmal die Joyce von vor einer Stunde. Die Chemie dieser Verwandlung war unerklärlich, aber ich spürte sie, sah sie. Das, was ich spürte, war eine Reife, eine besondere Weiblichkeit, die nichts mit ihrer Schwangerschaft zu tun hatte. Wir schauten uns an, und in dem Augenblick wußte auch sie, daß ich den Wandel gespürt hatte, die alles durchdringende Veränderung ihrer Persönlichkeit. Wir schauten uns an, und in dem Moment wußten wir beide, daß dieser Abend ein Meilenstein in unserm Leben war und daß unser Leben miteinander furchtbar wichtig und furchtbar ernst war. Aber es war auch ein trauriger Augenblick, weil ich den Unsinn im Leben liebte, die Kleinigkeiten, das Herumalbern; und das hatten wir jetzt hinter uns gelassen.

Die große Hand von Pater Gondalfo, der schwere Arm legte sich um meine Schulter und drückte mich zu Boden. »Also, bist du soweit?«

Er meinte: War ich soweit, zur Beichte zu gehen?

Ich wollte sagen: »Nein, Pater.«

Ich sagte: »Ja, Pater.«

»Gut. Morgen könnt ihr gemeinsam die heilige Kommunion empfangen. Die Messe ist für dich. Danach traue ich euch am Hauptaltar.«

»Gut, Pater.«

Wir gingen zurück in die Kirche. Der Pater kniete kurz nieder und ging den Seitengang hinunter zu einem der drei Beichtstühle. Schwere purpurrote Vorhänge verbargen die Eingänge. Pater Gondalfo verschwand im Beichtstuhl in der Mitte. Er knipste ein Licht an. Joyce, Papa und ich gingen den Mittelgang hinunter und betraten eine Bankreihe gegenüber den Beichtstühlen.

Ich kniete nieder und befragte mein Gewissen. Nach fünfzehn Jahren ging ich wieder zur Beichte. Welche Sünden hatte ich in eineinhalb Jahrzehnten begangen? Die Aufgabe, die vor mir lag, war ungeheuerlich. Sie war so riesig, daß ich sie nicht ernst nehmen konnte. Schlimmer noch, ich hatte kein Gefühl von Schuld. Ich bereute nichts. Gut und Böse, ich hatte alles genossen. Das vergebende Handauflegen des Priesters schien sinnlos. Ich konnte und würde den Beichtstuhl nicht betreten. Früher, in den alten Zeiten, sang mein Blut die Antwort auf die Absolution. Freudig pflegte ich auf die Knie zu fallen und meine Sorgen auszubreiten, und ich wurde befreit und ging davon mit dem kraftvollen Gefühl eines reinen Herzens. Ich griff krampfhaft nach der Vergangenheit. Ich fand nichts.

Zeit verstrich, eine Viertelstunde, eine halbe Stunde. Der Priester wartete geduldig. Der heftige Kampf mit meinem Gewissen erschöpfte mich. Wie konnte ich beichten, was ich nicht bereute? Müde setzte ich mich neben Papa und Joyce.

»Ich kann's nicht«, flüsterte ich.

Papa schaute überrascht.

»Bitte versuch es«, lächelte Joyce.

»Ich kann nicht. Es wäre Heuchelei.«

Papa zog ungeduldig Joyce zu Rate.

»Was ist los mit ihm?«

»Er will nicht gehen«, flüsterte Joyce.

»Er MUSS gehen.« Seine Stimme war laut.

Ich schüttelte den Kopf.

»Ich kann nicht, Papa.«

»Rein mit dir!«

»Ich sag dir doch, ich kann nicht.«

»Du böser Junge. Geh rein, nun mach schon!«

Er packte mich am Kragen und versuchte,

mich zum Beichtstuhl zu zerren. Ich krallte mich an der Bank fest und rührte mich nicht von der Stelle. Sein Gesicht lief vor Anstrengung rot an. Plötzlich ging er schnell auf den Beichtstuhl zu. Wir beobachteten ihn verblüfft. Er drehte sich zu uns um, sein Blick war verzweifelt. Dann betrat er den Beichtstuhl.

Später erfuhr ich, daß das seine erste Beichte seit fünfundfünfzig Jahren war. Er hat nie erklärt, warum er es getan hat. Ich war mir sicher, daß er nicht vorgehabt hatte zu gehen, daß er nicht im Traum daran gedacht hatte. Aber auf seine Weise hatte er es für mich getan, und für sein Enkelkind, weil es getan werden mußte.

Seine Beichte war wie ein Streit. Sie geschah auf italienisch, eine gemurmelte Diskussion, undeutlich und heftig. Immer, wenn Pater Gondalfo etwas sagte, antwortete Papa hitzig. Dann hob der Priester die Stimme. Sie redeten auch mit den Händen, denn wir sahen den Vorhang flattern. Schließlich gewann die Stimme des Beichtvaters die Oberhand. Von Papa kam kein Wort. Der Priester sprach sanft und überredend, ein tröstendes Flüstern. Beide Männer waren müde und naßgeschwitzt, als sie herauskamen. Papa fiel in der nächsten Bankreihe auf die Knie. Pater Gondalfo lächelte und klopfte ihm auf die Schulter. Papa legte die Hände vor das Gesicht und sperrte alle Ablenkung aus, während er sein Bußgebet sprach. Der Priester warf mir einen entmutigenden Blick zu. Ich stand auf und ging hinaus. Er wartete vor der Kirche.

»Was ist passiert?«

»Ich habe es nicht geschafft.«

»Willst du vielleicht einen anderen Beichtvater. Ich könnte Pater Shaw holen. Würde das helfen?«

»Ich glaube nicht.«

»Ich bin sehr enttäuscht. Du weißt natürlich, was das heißt?«

Ich wußte: Das hieß, daß ich nicht im Stand der Gnade war. Es hieß, daß ich nicht am nächsten Morgen mit Joyce zur Kommunion gehen konnte. Es bedeutete, daß ich nicht die Sakramente empfangen konnte, und Trauung war ein Sakrament.

»Tut mir leid, Pater. Ich werde mir Mühe geben.«

Er wandte sich Joyce und Papa zu, die aus der Kirche kamen. Wir verabschiedeten uns. Papa weigerte sich, mich anzuschauen.

Wir gingen zum Auto. Ich nahm Joyce's Hand.

»Du bist böse auf mich.«

»Ich bin enttäuscht, klar.«

»Gib mir ein bißchen Zeit. Eines Tages tue ich es.«

»Genau das verstehe ich nicht. Wenn du eines Tages zur Kirche zurückkehrst, warum nicht jetzt?«

»Ich weiß nicht.«

»Ich auch nicht.«

»Ich mache einen Spaziergang«, sagte Papa.

Wir schauten zu, wie er zur Straßenecke ging. Er machte schnelle, hüpfende Schritte. Unter der Straßenlaterne blieb er stehen und zündete sich eine Zigarre an. Der Rauch trieb auf uns zu, angenehm duftend in der Nachtluft. Auf der Heimfahrt sprachen wir nicht. Ich schloß die Garage ab, und wir gingen ins Haus. Schweigend gingen wir nach oben. Ich zögerte vor meiner Tür, hoffte, sie würde etwas sagen. Ohne sich umzudrehen, ging sie in ihr Zimmer. Ich zog meinem Mantel aus und warf mich aufs Bett. Ich spürte keine Trauer, keine Gewissensbisse. Es ärgerte mich, daß ich noch nicht einmal eine Spur von Bedauern fühlte. Ich fühlte mich zerrissen und elend.

Dann kam sie zur Tür herein, der weiße Ballon bebte unter ihrem Nachthemd, sie hatte ein Buch in der Hand. Lächelnd schaute sie zu mir herunter.

»Ich will dir was vorlesen«, sagte sie.

Und sie las: »O Vater, o Mutter, o Weib, o Bruder, o Freund, ich habe bisher nach dem Schein mit euch gelebt. Von nun an gehöre ich der Wahrheit. Wisset, daß ich hinfort keinem anderen als dem ewigen Gesetz gehorchen werde. Ich will nicht mehr mit euch im Bunde, sondern nur euer Nachbar sein. Ich kann mich nicht mehr nach euren Gewohnheiten richten. Ich muß ich selbst sein. Ich kann mir um euretwillen nicht länger Gewalt antun, noch sollt ihr dies um meinetwillen tun. Wenn ihr mich lieben könnt, so wie ich bin, werden wir alle glücklicher sein. Wenn ihr es nicht könnt, will ich trotzdem versuchen, eure Liebe zu verdienen. Ich werde keinen Hehl mehr machen aus dem, was mir gefällt und was mir nicht gefällt.«

»Emerson«, sagte ich. »Oh, wunderbarer Mann!«

Sie beugte sich herunter und küßte mich.

»Gute Nacht«, flüsterte sie.

Gesegnet sei der Leib, der meinen Sohn trägt!

Ich heulte vor Glück.

Neuntes Kapitel

Wir spielten Schach an dem Abend, als es geschah. Wir hatten jeden Augenblick damit gerechnet, daß es losging. Unser Leben war stehengeblieben und wartete auf das Kind, und dies war der Abend. Papa hatte den Kamin fertig gebaut. Er hatte sich mit der Arbeit beeilt, weil es höchst wichtig war, daß der Kamin fertig und bereit war für den neuen Fante, wie ein eingepacktes und mit rosa Schleifen geschmücktes Geschenk. Sogar das Haus war voller Erwartung. Das Neue war ganz nah, und wir spürten eine Art Einsamkeit, weil es noch nicht da war. Die schwere Arbeit dieses Tages hatte Papa erschöpft, und er war schlafen gegangen.

»Ruft mich, wenn irgendwas ist«, hatte er gesagt.

Um zehn Uhr saßen wir über dem Schachbrett, und ich war am Zug.

»Deine Königin ist bedroht«, sagte sie.

Ich machte einen Zug mit einem Läufer, und meine Königin war in Sicherheit. Nun war sie am Zug. Sie war eine schnelle Spielerin, aber lange Zeit bewegte sie sich nicht, zu lange Zeit schien es mir, und ich schaute vom Brett hoch und in ihr Gesicht und wunderte mich.

»Du bist dran.«

Sie hörte nicht zu, starrte mir nur in die Augen, ihr Gesicht war rot und sie atmete schwer, bis ihre Wangen glühten und ich sah, daß sie ganz gespannt auf etwas in ihrem Inneren lauschte.

»Da ist was geplatzt«, flüsterte sie.

»Geplatzt? Was ist geplatzt? Ich hab nichts gehört.«

»Ich weiß nicht. Aber ich hab deutlich ein ›Plopp‹ gehört.«

Wir lauschten konzentriert. Sie legte die Hand auf den Mund.

»O je. Das war die Fruchtblase.«

»Wir fahren ins Krankenhaus.«

Sie zögerte, bevor sie aufstand.

»Bitte«, lächelte sie. »Schau nicht hin. Halt dir die Augen zu.«

Ich hielt mir die Augen zu, während sie aufstand und durch das Zimmer ging. Ich hörte sie die Treppe hinaufflüchten und atemlos »o je« sagen und »ach du liebe Güte« und »o mein Gott.« Als ich wußte, daß sie außer Sichtweite war, rief ich das Krankenhaus an. Im ersten Stock hörte ich in ihrem Schlafzimmer ihre klappernden Absätze. Ich rannte nach oben. Sie saß auf dem Bett und las in dem Buch ›Das Kind kommt‹.

»Wir sollten uns auf den Weg machen. Ich habe den Arzt angerufen.«

»Diesmal will ich sicher sein. Absolut sicher.«

»Es geht los. Ich weiß, daß es losgeht.«

»Hör zu.« Sie las vor: »Zu Anfang der Wehen beginnt der Schmerz im allgemeinen in der Kreuzgegend. Er beginnt als leichter Druck oder Rückenschmerz, wird schnell stärker, bis er den Höhepunkt erreicht, hält ihn einige Sekunden lang und läßt allmählich nach . . . «

Das, was sie gerade vorlas, geschah genau in diesem Augenblick. Das Buch fiel ihr aus der Hand, und sie saß vollkommen still und starrte hinunter auf ihren Bauch. Ihre Hände bewegten sich darauf zu und berührten ihn.

»Uteruskontraktionen«, sagte sie. »Seite 158. Lies vor.«

Ich hob das Buch auf, aber ich hatte zu viele Hände, zu viele Finger. Ich konnte das Buch nicht einmal festhalten. Es fiel auf den Boden. Der Schmerz wurde heftiger, dann ließ er wieder nach. Sie pfiff leise.

»Jetzt bin ich soweit. Wir können gehen.«

Diesmal war es einfach. Wir hatten die ganze Geschichte schon mal geprobt. Leise traten wir auf den Gang, lauschten Papas lautem Schnarchen und gingen dann die Treppe hinunter. Ohne es auszusprechen wußten wir beide, daß es am besten war, Papa nicht aufzuwecken. Unter dem Orangenbaum im Hinterhof blieb sie stehen und umarmte mich.

»Du warst wunderbar«, sagte sie. »Ich werde mich nie wieder beschweren.«

»Laß uns gehen, Schatz.«

»Wir haben Zeit. Du sollst wissen, daß ich mich sehr schlecht benommen habe in den letzten neun Monaten. Ich war ein vollkommener Idiot. Wirklich, es ist nicht schlimm, ein Kind zu bekommen. Es ist ganz einfach.«

»Noch hast du es nicht, Liebling. Komm, wir gehen.«

Ich zog sie zur Garage. Sie stieg ins Auto und setzte sich dicht an die Beifahrertür, ganz weit weg von mir. Sie kramte in ihrer Tasche nach Zigaretten und bot mir auch eine an.

»Soll ich sie für dich anzünden?« fragte sie.

»Bitte.«

»Manche Männer zünden sich ihre Zigaretten lieber selber an.«

Das schien eine eigenartige Bemerkung zu sein, aber ich antwortete nicht. Wir fuhren gemächlich, denn wir waren Profis in diesem Unternehmen. Es gab wirklich keinen Grund zur Eile. Die Nacht war warm, und man konnte die weißen Magnolien an der Normandie Road riechen. An einer Straßenkreuzung kam die nächste Schmerzwelle. Diesmal war es schlimmer. Ich sah, wie sie den Türgriff packte und sich festklammerte.

»Schlimm?« fragte ich.

Schweiß stand ihr auf der Stirn. Ihre Augen rollten vor Schmerz. Ihr großer Bauch schien sie in der Ecke zu zerquetschen. Es war wie ein großer Bienenschwarm, der brodelte vor Schmerz. Als die Wehe nachließ, gab sie einen schwachen Pfiff der Erleichterung von sich.

»Es ist nichts«, sagte sie. »Natürlich tut es ein bißchen weh, aber wirklich nicht so schlimm, wie meine Mutter behauptet hat.«

»In fünf Minuten sind wir da.«

»Ich bin so froh. Dann bist du mich los. Ich hasse es, dich mit all dem zu belasten.«

»Das ist keine Last.«

»Mein ganzes Leben lang bin ich eine Last gewesen. Das ist das Schicksal der Frauen. Wir sind nicht sehr nett. Wirklich, das sind wir nicht.«

»Du redest Unsinn.«

»Das ist kein Unsinn. Schau mich an. Ich bin eine Kuh. Nichts weiter. Grotesk und uninteressant. Kein Mensch könnte mich jemals lieben. Und du darfst nie sagen, daß du mich wieder liebst. Weil ich weiß, daß du's nicht kannst. Und ich verdiene deine Liebe nicht. Wie gut du zu mir warst! Wie geduldig! Ich bin furchtbar dankbar. Vergib mir.«

Sie fing an zu weinen; ihr verzerrtes, aufgedunsenes Gesicht war zu rund, um die Tränen aufzufangen, die in ihren Schoß tropften. Die nächste Schmerzwelle packte sie, und sie biß die Zähne zusammen und ballte die Fäuste, bis es vorbei war.

»Ich bin nicht sehr tapfer«, ächzte sie. »Aber ich will nicht tapfer sein. Ich will einfach nur irgendwo in eine Höhle kriechen, wo du mich nicht sehen kannst und leiden und leiden, weil ich dich nicht verdiene. Ich bin froh, daß ich leide. Ich war so blöd. Ich hab's verdient.«

Sie machte mich sehr unglücklich. Sie saß da mit weitgespreizten Beinen, ihr Bauch wogte, ihr Gesicht sah aus wie ein tränenfleckiger Basketball, und für einen Augenblick vergaß ich, daß das eine vorübergehende Angelegenheit war, und ihr Jammer packte auch mich, und ich fing an zu denken, daß ich wirklich ein höchst unglücklicher Mann war, weil ich mich für immer an diese Masse gurgelnden Fleisches gebunden hatte. Ich fuhr mit nassen Augen weiter, weinte um mich und war fasziniert von meinem Mut und meiner unverändert großen Loyalität. Wie recht sie hatte! Wie edel war ich, und wie lange hatte ich gelitten! Das Schicksal wollte, daß sie litt; es war gut, daß sie Schmerzen hatte als Buße für die schreckliche Weise, in der sie während ihrer Schwangerschaft mit mir umgegangen war. Und wie einfühlsam sie jetzt war, da ihr Tag der Sühne gekommen war! Wie klar ihr Gefühl für Gerechtigkeit! Gott sei Dank, daß sie endlich das Böse ihres Tuns einsah!

Am Hospital folgte ich der kurvenreichen Auffahrt, die zu einem überdachten Vorbau führte, wo die Krankenwagen ihre Patienten abluden. Sie blieb im Auto, während ich hineinging. Am Empfang füllte ich Formulare aus, die das Krankenhaus von jeder Verantwortung für alles, was meiner Frau passieren konnte, befreiten, und während ich das tat, telefonierte die zuständige Frau Krankenschwestern und einen Rollstuhl herbei. Als ich zum Auto zurückkam, hatten zwei Schwestern Joyce schon in den Rollstuhl geholfen und sie in Decken gewickelt. Ich schaute zu, wie sie sie in den Aufzug schoben. Dann parkte ich das Auto und ging mit Joyce's Koffer zurück zum Krankenhaus, stieg in den Aufzug und fuhr in den zwölften Stock.

Der zwölfte Stock war mir inzwischen sehr vertraut. Fast wäre ich vor Selbstbewußtsein forsch stolziert, als sich die Aufzugtüren öffneten und ich ausstieg. Am anderen Ende des sauberen, mit Linoleum ausgelegten Ganges sah ich die zwei Schwestern meine Frau durch eine Tür schieben. Joyce drehte den Kopf und sah mich kommen. Der Rollstuhl hielt, und die Schwestern blieben in der Tür stehen. Sie drehten den Rollstuhl herum, und Joyce schaute mich an. Sie streckte mir die Arme entgegen und lächelte.

Ich schluckte meine plötzliche Freude hinunter. Wie war soviel Schönheit auf dieser Welt möglich? Ihre Hände, mir entgegengestreckt, diese zarten Finger, mir entgegen, ihre Augen, mir entgegen, ihr Mund, ihre Lippen, mir entgegen, Liebe und geheimnisvolle herzzerreißende Schönheit strömten mir entgegen, und plötzlich schien ich zu rennen, die Tasche in der Hand, als hätte ich sie seit zehntausend Jahren nicht gesehen, hätte jede Sekunde an sie gedacht, und nun waren wir endlich für immer vereint, meine Einsamkeit endlich von mir genommen, und alle Dinge meines Lebens, all mein Besitz, meine Ambitionen, meine Freunde, mein Land, meine Welt wären nichts, wären weniger als Staubkörner vor der Schönheit und Freude dieses herrlichen und schmerzhaften Augenblicks. Ich legte die Arme um sie und fing an zu weinen. Ich fiel auf die Knie mit einem abscheulichen und zermalmenden Gücksgefühl, das mich mit seiner schrecklichen Kraft fast umbrachte. Ich hätte mein Leben geben können in diesem Moment und an diesem Ort, so brennend war meine Freude an meiner Frau.

»Na, na«, sagten die Krankenschwestern. »Jetzt ist's aber genug.«

Ich stand auf und küßte Joyce.

»Das ist mein Mann«, lächelte sie. »Ist er nicht lieb?«

Die Schwestern waren nicht beeindruckt. Sie flatterten um sie herum, steckten die Wolldecken wieder fest und schoben sie davon.

Die Tür schloß sich vor mir. Das Zimmer hatte die Nummer 1237. Das war ein gutes Omen, denn darin steckte meine Glückszahl. Ich schaute auf meine Uhr. Es war 23.05 Uhr.

Ich ging an vielen Türen vorbei den Gang hinunter. Plötzlich hörte ich einen haarsträubenden Schrei. Er kam aus einem Raum in der Nähe des Aufzugs, der Schrei einer Frau mit Schmerzen. Einen Augenblick später kam ich an dem Zimmer vorbei, aus dem der Schrei gedrungen war. Hinter der Tür hörte ich Wimmern und Weinen, als schluchzte jemand, das Gesicht in ein Kissen vergraben. Es war eine jammervolle, bemitleidenswerte Klage und machte mir Sorgen, weil ich wußte, daß auch Joyce das passieren konnte.

Im Aufenthaltsraum waren noch zwei Väter. Sie waren erschöpfte Männer, ihre Kragen standen offen, ihre Schlipse waren gelockert. Sie sahen aus wie zwei, die in eine unblutige, endlose Kneipenschlägerei verwickelt gewesen waren. Ausgestreckt in Ledersesseln, die Haare zerwühlt und Zigaretten in den Händen, schenkten sie mir keine Beachtung. Ich nahm mir eine Zeitschrift und setzte mich. Einer der Väter stand auf und fing an, auf und ab zu gehen. Er rauchte eine winzige Zigarette, so kurz, daß sie seine Lippen verbrannte, wenn er sie mehr küßte, als daß er an ihr zog. Nun stand auch der andere Vater auf und fing an, hin und her zu wandern. Auf und ab schritten sie, blind füreinander, in der Wut desjenigen, der im Käfig Kreise läuft, ihre Stirnen waren zerfurcht, und jeder Mann war gefangen im Druck seines pulsierenden Schädels.

Gegen Mitternacht erschien die größere der beiden Krankenschwestern, die sich um Joyce gekümmert hatten, in der Tür. Mit dem Blick geschlagener Hunde schauten die beiden Väter sie aus blutunterlaufenen Augen unverwandt an. Aber ich war es, den sie suchte.

»Sie können jetzt zu Ihrer Frau.«

Die beiden Väter starrten mich mit offenen Mündern an, und ihre Blicke folgten mir, wie ich den Raum durchquerte und zur Tür hinausging. Es war, als sähen sie mich zum ersten Mal und seien überrascht, daß ich im selben Zimmer wie sie gesessen hatte.

Ich folgte der großen Schwester.

»Sie dürfen nicht lange bleiben«, sagte sie. »Ihre Frau braucht Ruhe.«

Joyce lag da in einem Krankenhausnachthemd, das hinten geschlossen wurde. Ihr Haar war zu einem festen hohen Knoten zusammengebunden. Ihr Bett hatte einen Haltegriff am Kopfende. Sie lächelte, ihr Gesicht war heiß, und Angst sprang aus ihren Augen. Ich nahm ihre Hand.

»Wie fühlst du dich?«

»Wunderbar. Ich bin rasiert worden und habe einen Einlauf bekommen.«

»Sind sie gut im Rasieren?«

»Die haben hervorragende Arbeit geleistet. Es wird dir gefallen.«

Ich war froh, daß sie nicht mehr in so reumütiger Stimmung war. Aber es gab sehr wenig zu sagen. Wir hielten uns an den Händen, lächelten dümmlich und schauten uns an. Die große Schwester machte die Tür auf.

»Sie müssen jetzt gehen.«

Ich küßte Joyce und ging hinaus.

»Wie lange wird es dauern?«

»Lange«, sagte die Schwester. »Warum gehen Sie nicht nach Hause und schlafen ein bißchen?«

»Das kann ich nicht machen. Das wäre nicht richtig.«

»Seien Sie nicht dumm. Der Arzt kommt nicht vor acht Uhr früh ins Krankenhaus.«

»Heißt das – sie muß so lange leiden?«

»Sie leidet nicht. Und hier können Sie nichts tun. Absolut gar nichts.«

Aber ein Mann kann nicht einfach weggehen und seine schwangere Frau allein in einem Raum liegen lassen. Das schien unerhört, grob und herzlos zu sein. Selbst wenn die Schwester recht hätte, die Tradition verlangte, daß ich blieb.

»Ich bleibe hier, bis alles vorbei ist«, sagte ich.

Die Schwester zuckte die Achseln und ließ ihre Augenbrauen flattern.

»Ab und an erleben wir mal einen vernünftigen Vater, aber nicht oft.«

Ich ging zurück in den Aufenthaltsraum.

Die beiden selbstquälerischen Väter hatten Gesellschaft bekommen von einem neuen Mann. Er war älter, gutrasiert und sah ordentlich aus in seinem braunen Anzug. Die beiden Übernächtigten fanden in ihm einen mitfühlenden Zuhörer. Jeder hielt eine Rede und schilderte seine Sorgen. Der erste Mann sagte, seine Frau liege seit dreizehn Stunden in den Wehen. »Genau dreizehn Stunden und zweiundvierzig Minuten«, sagte er und schaute auf seine Uhr. Der ältere Mann schnalzte mitleidig mit der Zunge. Der andere Mann steckte seine Uhr wieder ein, setzte sich, griff sich in die Haare und kehrte zu seiner Agonie zurück. Der zweite Vater leckte sich die trockenen, aufgesprungenen Lippen, und seine trüben Augen glitten zu dem Älteren, der sich ihm jetzt, ganz Freundlichkeit und Weisheit, zuwandte, um seine Geschichte zu hören. »Meine Kleine ist seit sechzehn Stunden und zwölf Minuten da drin«, sagte er mit entschuldigendem Lächeln.

Das gab ihm drei Stunden Vorsprung vor dem ersten Vater, der beschämt den Kopf hängen ließ. Aber falls der zweite Vater ein kurzes Siegesgefühl hatte, wurde es ihm schnell von dem ruhigen, älteren Mann geraubt.

»Als Billy geboren wurde – er ist unser Ältester – hatte Mrs. Cameron fünfunddreißig Stunden lang Wehen.«

Mrs. Camerons Rekordzeit war so niederschmetternd, daß die zwei hohläugigen Väter sofort das Interesse verloren an dem freundlichen älteren Mann, der jetzt sein großzügiges Lächeln mir zuwandte. Aber ich hatte genug gehört. Diese Männer prahlten, fanden absurden Trost in den Schmerzen ihrer Frauen. Die Schwester hatte recht. Ich beschloß, nach Hause zu gehen.

Es war halb zwei, als ich mich ins Bett legte. Aus Papas Zimmer drang pfeifendes Schnarchen. Er wußte nicht, daß Joyce im Krankenhaus war. Es schien am besten, ihn nicht zu wecken. Ich rauchte im Dunkeln eine Zigarette und fühlte die Finger der Schuld an mir herumzupfen. Hatte ich das Richtige getan? Vielleicht hatte die Tradition recht? Ein Mann, dessen Frau in Wehen liegt: sollte der nicht wach bleiben und ein kleines Maß selbstverursachter Schmerzen beitragen als Symbol seiner

Bereitschaft, am gemeinsamen Erbe teilzuhaben? Schließlich stand ja hier für die Schwester nichts auf dem Spiel. Die redete wie ein kalter Wissenschaftler. Und wäre in den vor uns liegenden Jahren unser Kind nicht traurig, wenn es erführe, daß sein Vater selig geschlafen hat, während es die gefährliche Reise vom Bauch zum Leben auf der Welt machte? Ich warf mich im Bett hin und her und schlug mich damit herum bis drei Uhr morgens.

Dann kam mir eine wunderbare und ausgezeichnete Erinnerung. Ich sprang aus dem Bett und zerrte meine Reisetasche aus dem Schrank. In der Seitentasche fand ich es, ein zerdrücktes Sträußchen Basilikum, zusammengehalten von einem roten Band. Ich konnte mich nicht an alle Anweisungen von Mama erinnern. Ich wußte nur noch, daß man den Strauß am Bett festbinden soll. Ich befestigte es am Kopfende, so, daß es auf mein Kissen reichte. Dann lag ich da, sog sein köstliches und pikantes Aroma ein, und irgendwie war es der Geruch der Haare meiner Mutter, und ihre warmen Augen lächelten mich an, und ich fing an zu weinen, weil ich kein Vater sein wollte, und auch kein Ehemann, oder überhaupt ein Mann. Ich wollte wieder sechs oder sieben Jahre alt sein und in den Armen meiner Mutter schlafen. Und dann schlief ich ein und träumte von meiner Mutter.

Papa weckte mich. Es war sieben Uhr.

»Jemand will was.«

Ich sprang aus dem Bett und rannte hinunter zum Telefon. Es war das Krankenhaus. Die Schwester sagte, daß Joyce das Baby noch nicht bekommen hatte, aber es ginge ihr gut.

»Hat sie Schmerzen?«

»Ein bißchen Schmerz gehört dazu.«

»Ich komme sofort.«

»Ich denke, das sollten Sie tun.«

Papa stand da und hörte zu.

»Das Baby kommt, Papa. Jeden Augenblick kann es soweit sein.«

Die Zigarre zitterte in seinem Mund.

»Wo ist Joyce?«

»Im Krankenhaus. Ich habe sie letzte Nacht hingebracht.«

Ich rannte nach oben und zog mich an. Als ich zum Auto kam, saß Papa auf dem Beifahrersitz. Wir fuhren zum Krankenhaus und mit dem Aufzug in den zwölften Stock. Eine Schwester scheuchte Papa in den Aufenthaltsraum. Mit bleichem Gesicht und voller Angst beobachtete er mich, als ich den Gang zu Joyce's Zimmer hinunterlief.

Sie lag in einem kleinen Meer von Schmerz, die Nebel ihrer Qualen füllten den Raum. Sie lag auf Laken, die naß waren und zerwühlt vom Schweiß. Ihr Mund war verzerrt, ihre Zähne zusammengebissen, und ihre Augen wie Bälle aus weißer Milch. Zuerst sah sie mich nicht, aber als ich die Tür schloß, erhob sie sich aus den Wogen ihrer Schmerzen, und ihre Hände umklammerten den Haltegriff über dem Kopfende des Bettes, und sie zog sich in eine sitzende Position. Der weiße Ballon war wie eine riesige Blase, schimmernd vor Schmerzen, zu schwer für die wilde Kraft in ihren blutleeren Fingern. Sie japste erschöpft, ihr Atem kam in schweren Stößen durch die Lippen, die schmerzvoll verzerrt waren.

Dann wußte sie, daß ich da war und am Fußende ihres Bettes stand. Sie sah mich mit überraschten Augen an. Mein Herz flog ihr entgegen, voll Mitleid mit der alles überstrahlenden Qual. Ich konnte keine Worte des Trostes finden, nur die Klischees, die Andeutungen und Fallen leerer Sprache, die schrecklichen Unzulänglichkeiten. Während ich mit trockener Kehle dastand, griff eine Schmerzwelle nach ihr. Die Knie schossen nach oben, und ein animalischer Schrei, kaum mehr als ein unterdrücktes Heulen, kam von ihren Lippen. Es hatte Rhythmus, war meßbar, ein dünnes, sich windendes Band von Tönen wurde durch ihre Zähne gezogen. Als es vorbei war und der Schmerz sich ausgetobt hatte, seufzte sie dankbar und schob sich nasse, zerwühlte Haare aus der Stirn, ihre Augen waren auf die Zimmerdecke gerichtet. Dann erinnerte sie sich an mich.

»Oh, ich bin so ein Feigling«, stöhnte sie.

»Du bist nichts dergleichen.«

Ich stellte mich neben sie. Das Bett war wie eine große Wiege gebaut, mit verstellbaren Seitenteilen aus Metall. Als ich mich darüberbeugte, um sie zu küssen, sah ich ihren roten Mund, ihre Lippen, die prall waren von der Sinnlichkeit des Schmerzes. Ich sah die weißen, gierigen Augen, und ihr Leiden überwältigte mich. Aber in ihrem Mund lag Leidenschaft, und sie klammerte sich mit solcher Wildheit an mir fest, daß es aller Kraft meiner dicken Handgelenke bedurfte, um ihren Griff zu lösen. Sie liebte mich, stöhnte sie, sie liebte mich, liebte mich, liebte mich.

Dann packte die nächste Wehe zu. Sie rollte vor Schmerz von einer Seite auf die andere, die Knie angezogen. Ihre Hände zerrten an dem Haltegriff über ihrem Kopf, das Band der Qual entrollte sich wieder. Als der Schmerz nachließ, umflatterten mich ihre weißen Augen wie gefangene Vögel, und das Gefühl erreichte auch mich, und ich bekam schreckliche Magenschmerzen. Sie schickten mich fast zu Boden. Joyce sah mich an.

»Du bist krank«, sagte sie. »Das Ganze ist zu viel für dich geworden.«

»Mir fehlt nichts.«

»Trink das«, japste sie, und sie griff nach einem Glas Wasser neben ihrem Bett. Aber die Schmerzen sprangen sie an, als sie die Hand ausstreckte, und sie wand sich und warf sich auf die Seite, und das Band der Töne quoll aus ihrem Mund. Ich krümmte mich vor Jammer, aber ich schrie nicht. Ich stöhnte nur, während sich in meinem Inneren etwas aufbäumte, der Schmerz von grünen Äpfeln.

»Liebling«, sagte sie. »Ruf den Arzt. Ich WEISS, daß du krank bist.«

»Ich? Mir geht's wunderbar.«

Aber ich konnte mich im Spiegel an der Wand sehen, und ich war bleich und glubschäugig und angeekelt und wütend auf mich.

»Mach dir um mich keine Sorgen«, sie schnappte nach Luft. »Mir fehlt nichts. Die Schmerzen haben völlig aufgehört. Sieh mal!« Sie reckte mir die Arme entgegen und lächelte.

Als ich mich umdrehte, um sie anzuschauen,

hatten die Schmerzen sie wieder im Griff, und sie kämpfte, ihre Augen waren weich, voller Tränen, und als es wieder vorbei war, bedeckte sie ihr Gesicht mit den Händen und weinte leise.

»O Gott«, schluchzte sie. »Ich halte das nicht mehr lange aus.«

Ich hätte alles für sie getan, meine beiden Arme, meine Füße, meine Hände, mein Leben, alles hätte ich dafür gegeben, ihre Schmerzen nur für eine Minute zu mildern. Aber da stand ich und war unfähig, die krampfartigen Bauchschmerzen auszuhalten, die mich schließlich stolpernd und zusammengekrümmt auf den Gang hinaustrieben.

Mir entgegen kamen Dr. Stanely und eine Schwester mit einem Tablett voller Flaschen und Spritzen.

Sie schauten mich wortlos an. Dr. Stanley nahm ein Glasröhrchen vom Tablett der Krankenschwester und schüttete eine Tablette in seine Hand.

»Nehmen Sie das«, sagte er.

Ich schluckte sie schnell.

»Meiner Frau geht es schlecht, Doktor.«

Sie segelten an mir vorbei in das Zimmer. Ich wartete. Meine Bauchschmerzen ließen nach. Ein paar Minuten später kamen sie heraus. Der Arzt rieb sich die Hände.

»Sie macht das ganz wunderbar.«

»Ich sage Ihnen, sie leidet schrecklich, Doktor.«

»Unsinn. Sie hat Skopolamin bekommen. Sie wird sich an nichts erinnern. Wir bringen sie jetzt in den Kreißsaal.«

Als sie Joyce aus dem Zimmer schoben und den Gang entlangrollten, wich ich zuerst zurück und drückte mich an die Wand, hatte Angst, meine Gegenwart würde sie stören. Aber als sie vorbeiglitt, sah ich, daß sie schlief. Die mußten ihr etwas gegeben haben, denn ihre Augen waren geschlossen und ihr Gesicht zu einem Bild weißer Lieblichkeit geworden. Ich ging neben ihr her den Gang hinunter. Einmal stöhnte sie. Es war das Murmeln eines Menschen, der unendlichen Frieden gefunden hat nach Stunden im Sturm. Das brachte auch mir Frieden. Jetzt wußte ich, daß alles gut war, daß das Baby bald kommen würde und Joyce nichts fehlte.

Ich ging zurück zum Aufenthaltsraum. Papa saß in einem der großen Ledersessel, die Arme verschränkt, und eisernes Schweigen hielt ihn.

»Dauert nicht mehr lange«, sagte ich.

»Was?« flüsterte er. »Noch nichts?«

Sie haben sie in den Kreißsaal gebracht.«

»Was ist mit denen los?«

»Sie tun, was sie können.«

Das entlockte ihm ein Knurren, und ich wußte, er hatte das Gefühl, ich hätte mich mit dem Krankenhaus verschworen, um das Baby am Geborenwerden zu hindern. Er starrte geradeaus und sagte nichts mehr.

Eine neue Gruppe von Vätern saß im Warteraum, aber ihre Worte waren dieselben, Altweibergeschichten aus den Mündern verwirrter Männer. Ich konnte nicht dort bleiben. Ich dachte an Kaffee, ließ Papa im Aufenthaltsraum und fuhr mit dem Aufzug zum Restaurant im Parterre.

Das war voller Schwestern, Ärzten und Assistenzärzten. Ich setzte mich an den Tresen und studierte die Karte. Aber ich wollte nichts. Trotz allem war ich zutiefst besorgt. Ich ging durch den Seiteneingang auf die Straße.

Es war ein trüber Morgen, der Dunst hing schwer und warm. Ich zündete mir eine Zigarette an und ging den Bürgersteig entlang um das Krankenhausgelände herum. Der Weg war gesäumt von hohen Hecken, makellos geschnitten, ein Korridor aus Grün, der zu einem Garten führte, wo ein Springbrunnen Wasser über große rote Steine sprühte. Ich ging um den Brunnen herum, und das Wasser küßte mit kühlen Lippen mein Gesicht. Durch den Dunst sah ich den Umriß einer gotischen Tür. Es war die Krankenhauskapelle. Plötzlich fing ich an zu weinen. Das war es, was ich gesucht hatte, das Ende der Wüste. Schnell ging ich hinein.

Pax vobiscum! Es war eine kleine Kirche, mit nur einem Kruzifix am Hauptaltar. Ich kniete nieder. Es gab keinen Grund zu beten, um Vergebung zu bitten. Mein Ich verlor sich in der tiefen Strömung wie Wellen, die zum Strand zurückrollen. Ich blieb fast eine Stunde und war voller Lachen, als ich aufstand, um zu gehen. Denn es war eine Zeit des Lachens und der großen Freude.

Zehn Minuten später sah ich den Jungen. Er lag nackt in den Armen einer Schwester mit Mundschutz. Ich konnte ihn nicht anfassen, weil sie hinter einer Glasscheibe standen. Er war verknittert und häßlich wie ein in Eigelb getauchter Zwerg. Mit einem Schnurrbart hätte er ausgesehen wie sein Großvater. Er brüllte, als die Krankenschwester ihn vorführte. Ich zählte zehn Finger, zehn Zehen und einen Penis. Mehr konnte ein Vater wohl kaum verlangen. Ich nickte, und die Schwester bedeckte seinen entsetzlichen kleinen Körper mit Decken und trug ihn davon, irgendwohin in die komplizierte Maschinerie des großen Krankenhauses.

Dann rollten sie Joyce aus dem Kreißsaal. Sie war sehr müde und lächelte schläfrig.

»Hast du ihn gesehen?« flüsterte sie.

Ich drückte ihre Hand.

»Nicht sprechen, Liebling. Schlaf jetzt.«

»Es war wunderbar«, seufzte sie. »Keine Schmerzen, nichts.«

Sie schloß die Augen, und die Schwestern schoben sie den Gang hinunter.

Papa stand im Wartezimmer am Fenster. Ich legte ihm die Hand auf die Schulter, und er drehte sich um. Ich brauchte nichts zu sagen. Er begann zu weinen. Er legte seinen Kopf auf meine Schulter, und sein Weinen war voller Schmerz. Ich fühlte die Knochen in seinen Schultern, die alten, schlaffen Muskeln, und ich roch den Geruch meines Vaters, den Schweiß meines Vaters, den Ursprung meines Lebens. Ich spürte seine heißen Tränen und die Einsamkeit des Menschen und die Reinheit aller Menschen und die schmerzhafte, quälende Schönheit allen Lebens.

Ich nahm ihn bei der Hand, und wir gingen den Gang hinunter zum Schreibtisch der Oberschwester. Er hielt sich ein rotes Taschentuch vor die Augen, und die Tränen strömten hinein, und während er dastand und weinte, sagte ich der Schwester, daß er seinen Enkel sehen wollte. Er schaute sie nicht an, aber seine qualvolle Freude war mehr, als sie ertragen konnte.

»Es ist gegen die Vorschriften«, sagte sie. »Aber . . . «

Papas Hand in meiner, folgten wir ihr durch die Schwingtür. Sie verschwand, und einen Augenblick später stand sie auf der anderen Seite der Glasscheibe, einen Mundschutz vor dem Gesicht, und hielt das Baby im Arm. Papa sah das Baby nicht, weil seine beiden Hände mit dem roten Taschentuch seine Augen bedeckten, aber er wußte, daß es ganz nah war, und er war von Ehrfurcht überwältigt, als hätte er Angst, in das Gesicht Gottes zu schauen. Selbst wenn er hochgeschaut hätte, er hätte das Kind nicht erkennen können, denn seine Augen waren blind vor Tränen. Dann brachte die Schwester das Kind wieder weg, und ich führte Papa den Gang entlang. Er weinte, bis wir zum Auto kamen. Die Schicksalsprüfung hatte ihm alle Kräfte geraubt. Er war in einer Art Stupor, während ich nach Hause fuhr. Sein Kopf lag auf der Nackenstütze, seine Hände leblos im Schoß.

»Ich will heim«, sagte er.

»In ein paar Minuten sind wir da.«

»Nach San Juan. Zu Mama.«

Ich schaute auf meine Uhr. »Der Tageszug geht in einer Stunde. Der ist schnell.«

»Ich hole mein Werkzeug. Du bringst mich zum Bahnhof.«

Schweigend fuhren wir weiter. Allmählich kehrten seine Kräfte zurück. Ich parkte auf der Straße vor meinem Haus. Wir stiegen aus, und er blieb stehen, um das hohe spitze Dach und den Rundbogen über der Tür zu betrachten.

»Gutes Haus«, sagte er.

»Fußboden hängt 'n bißchen durch.«

»Pah. Macht nichts.«

»Wir haben ein paar Termiten.«

»Termiten hat jeder.«

»Aber keiner hat so einen Kamin wie ich.«

Er grinste und zündete sich eine Zigarre an.

»Is 'n guter, Junge. Groß genug, daß 'n dicker Santa Claus durch den Kamin paßt.«

»Papa, dieses Stück Land in der Nähe von Joe Mutos Haus, meinst du, ich soll es kaufen?«

»Du bleibst hier und ziehst deine Familie groß«, sagte er.

Wir gingen ins Haus, und ich hörte ihn singen, während er seine Sachen packte.